歴史に残る悪女になるぞ 4

悪役令嬢になるほど王子の溺愛は加速するようです！

大木戸いずみ

ビーズログ文庫

イラスト／早瀬ジュン

Contents

歴史に残る悪女になるぞ 4

悪役令嬢になるほど王子の溺愛は加速するようです！

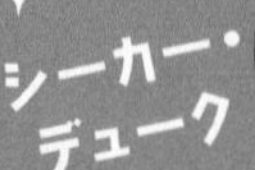

シーカー・デューク

水魔法を扱う
デュルキス国の王子。
アリシアを
溺愛している。

ウィリアムズ・アリシア

闇魔法を扱うウィリアムズ家長女。
実は転生者。綺麗事が大嫌いで
悪役になりたいと願う
ちょっとズレた少女。

歴史に残る悪女になるぞ 4

登場人物紹介

悪役令嬢に
なるほど
王子の溺愛は
加速するよう
です！

キャザー・リズ

綺麗事ばかりのヒロイン。
全属性の魔法が
使える聖女。

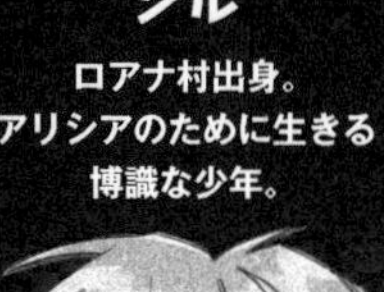

ジル

ロアナ村出身。
アリシアのために生きる
博識な少年。

ウィル

ロアナ村の住人。
実はデュルキス国王の
腹違いの兄。

ヴィアン

ヴィクターの兄で
ラヴァール国
第一王子。

ハリスト・ヴィクター

ラヴァール国
第二王子。
男装したアリシアを
こき使う。

メル

デュークの従者。

シーカー・ルーク

デュルキス国王。
デュークの父親。

ヘンリ

アリシアの兄。
双子のアラン
とは不仲に。

現在十一歳　ジル

ちょっとずつではあるが謎が解けてきている。

国王と謁見したあの日、じっちゃんは国王と交渉し、ロアナ村の住人達を解放することを了承させた。

国王は初め、なかなか首を縦に振らなかった。

得体の知れない人間をいきなり解放したら、国民に危険が及ぶ可能性は十分にある。実際僕も、村人全員を信用しているわけではない。

なかには国王の暗殺を企てている人間だっているかもしれない。

だが、「全ての責任はわしがとる」という一言で、国王はじっちゃんの要求を受け入れたのだ。

じっちゃんのその台詞はとても重く、誰も何も言い返せないほどの威圧感があった。今まで見てきた彼とは全く違った。

僕はチラリと横を見る。

薄汚い森の中のロアナ村の入り口にどうしてこんな高貴な人間が二人も立っているんだろう。並々ならぬオーラを漂わせた二人の存在に圧倒されそうだ。

一人は王子だし。もう一人は、元王族としてその存在感を示したじっちゃんだ。そりゃ国王がわざわざロアナ村に足を運ぶとは思っていなかったけど……。

「霧の壁の魔法を解くには、国王の力が必要なんじゃなかったの？」

「俺じゃ悪いか？」

デュークは特に気分を害した様子もなく、僕の方に顔を向ける。

「いや、けど、何か、こんなに大きな国の変化に国王自らが立ち会わなくてもいいのかなって思っただけ」

「父より俺の方が魔力が強いからな」

え、そうなの？　と言いかけたが、やめておいた。

考えてみれば確かにそうだ。デュークを普通の王子だと思っちゃだめだ。彼は超人だ。彼も異端児の部類に入るだろう。

デュークはスッと霧の方に手を伸ばす。その瞬間、じっちゃんが口を開いた。

「待て、まだ解放しない方がいい。先に中に入ろう」

デュークも異論はないらしく、静かに頷く。

「ちょっと待って、僕、エイベル持ってきてないよ」

「わしのがある」

そう言って、じっちゃんはポケットからピンク色の液体が入った瓶を取り出し、一口飲んだ後に僕に渡した。僕もじっちゃんに続き、エイベルを飲む。この魔法薬があれば水の魔法で作られた霧の壁を越えられる。

「行こうか」

先陣を切ってじっちゃんが霧を抜ける。デュークと僕も後に続く。

今日、何かが変わる。これからこの国を揺るがすかもしれない大きな出来事だ。その瞬間に僕が関わることが出来る。

小さな恐怖と大きな興奮に包まれて、鼓動が速くなる。自然と体に力が入った。

「ちゃんと戻ってきたんだな」

一番最初に僕らを迎えてくれたのはネイトだ。にやりと口角を上げて、僕達の方を見ている。そして、ゆっくりとデュークに視線を移した。

その目は鋭く、まるで敵を見ているようだ。デュークはそんな彼の様子に少しも怯むことなく堂々としている。

デュークは初めて来るロアナ村に一体どんな印象を抱いたんだろう。とんでもない場所だと分かっているのに、ちょっとでも良く見えればな、なんて考えてしまう。

少なくともアリシアが一番最初にこの村に来た時よりは随分と改善されているはずだ。空気はもっと澱んでいたし、皆の瞳も死んでいた。

「デュルキス国第一王子、シーカー・デュークだ」

彼は真っすぐネイトを見つめる。デュークの異質な雰囲気にネイトの顔が少し引きつる。きっと、また厄介な人間がやって来たと思っているんだろうな。しかも、第一王子とくれば、流石に後退ってしまう。

「さっきまでの威勢はどこにいったのよ」

レベッカがネイトの耳元で囁く。

彼女はアリシアで貴族への対応に慣れたおかげか、王子相手でも怯んだ様子はない。それに、そもそもデュークは自分の権力を振りかざしにここに来たわけじゃない。

「うるせえな」

ネイトが小さく舌打ちする。そんな様子をデュークは何も言わず黙って見ている。なんだか、自分の家族を友達に紹介するような気持ちだ……。

「殿下、私はレベッカといいます」

ネイトのことを無視して、彼女は深く頭を下げる。それに続き、周りの人達も頭を下げた。この村の人達は礼儀を知らないから、とりあえずレベッカの真似をしたのだろう。

このなかでネイトだけが頭を下げなかったが、レベッカが軽くネイトの足の甲を踏み、無理やり彼にお辞儀をさせる。

こうやって見ると、デュークはやっぱりこの国の王子なんだということを実感させられる。

僕は普段、デュークを気遣うこともなく話していたけど、それってもしかしたらとても無礼なことだったのかもしれない。

「俺は、皆に言っておかなければならないことがある」

デュークの低い声に反応して、全員が顔を上げる。彼の真剣な表情に緊迫した空気が漂った。

「どれだけ酷い有り様で廃れていても、もう二度とこの村に戻りたくないと思ったとしても、ここが故郷だという人達がいる。ここは皆が育った場所だ。悪い思い出ばかりじゃないだろう？」

「前置きはいりません」

レベッカはデュークから決して目を逸らさず話を遮った。

彼の発言を僕は不思議に思った。デュークはいつもこんな回りくどい話はしない。彼なりにこの村人達の気持ちを考えているということか……？

デュークは少し間を置いてから、また口を開く。

「……この村は開拓し、軍事基地にする」

グンジキチ。……軍事基地!?

いきなり話が飛びすぎて頭がついていかない。僕の知らないところでデュークはとんでもない計画を進めていたのだ。

全員が驚く表情を見せるなか、じっちゃんはやはり動じていない。そもそも彼が慌てる姿なんて見たことがないけれど。

流石デュークと血が繋がっているだけのことはある。じっちゃんはデュークの考えをおおよそ予想していたようだ。

「村が、跡形もなくなるってことですか？」

「そういうことだ。世界に水準を合わせた時、この国の軍事力の低さが浮き彫りになる。きちんとした施設がなければ兵を強化することも出来ない」

一体この王子はデュルキス国をどういう国にしたいのだろう。デュークの考えていることはある程度分かってきたつもりだったけど、思い違いだったのかもしれない。

彼は僕よりも数歩先を見ている。

人は一歩先に進む人を優等生と言って、二歩先を進む人を天才と呼ぶ。数歩先に進む人は……変人だと思われる。これが世の理だ。

「あんた何がしてぇんだ？」

レベッカはネイトの足を思い切り踏みつけた。ネイトは顔をしかめながら口調を改める。

「王子は、一体何がしたいんすか？」

「俺は、アリシアを自分の手中に置いておきたい」

……ん？

アリシアを自分の手元に留めておきたいのなら、矛盾が生じる。アリシアを国外追放するというのは、完全にデュークの手の届かない場所に置くということだ。

「いまいちよく分かってねえのって俺だけ？」

ネイトがレベッカを見る。彼女も首を傾げた。どうやら誰も彼の言葉を理解出来ていないようだ。

デュークは構わず話を続ける。

「アリシアを自由にさせるためには俺の管轄を広げればいいだけの話だ。アリシアはそれを望まないだろうけどな」

彼の言葉で全員が察した。この王子が王子でいる理由はアリシアのためなのだと。

デュークの目的の全てはアリシアなのだ。絶大な魔力、並外れた鑑識眼、その明晰な頭脳は全てアリシアを守るため。けど、それを決して彼女に悟らせない。

アリシア、君はとんでもない王子に愛されたもんだね。

「いい男にはもういい女がいるんだよねぇ」

レベッカがぼそりと呟く。

本当にその通りだ。恋愛に限らず、良きリーダーには良き人材がついてくる。だからこそ、この世界で愚者となるのが恐ろしい。

……もしキャザー・リズが賢者だった場合、この国だけでなく世界中が揺れ動いただろう。

キャザー・リズの全属性魔法力を利用出来るのなら、存分に利用したい。それぐらい彼女も異質だ。

「俺達、愛国心とか全くねえから国に忠誠誓うとかもねえけど……。ただ、まぁ、あのお嬢には忠誠を誓っている」

お嬢とはアリシアのことだ。ネイトがアリシアのことをそんな風に思っていただなんて……。

彼女はどうしてこうまで人を魅了する力があるんだろう。誇らしいと思うと同時にちょっぴり羨ましい。

僕が決して持てない天性の素質だ。努力をしたからといって得られるものではない。と同時に悪女になりたい彼女にとっては一番厄介なものだ。……アリシアも大変だね。

「ゆえに、俺は彼女を裏切るようなことはしない」

ネイトは一点の曇りもない眼差しをデュークに向ける。

彼女の素晴らしさを知っているのは僕だけで良かったのに、となんだか寂しくなった。

ねぇ、アリシア。君はこんなにもいろんな人から愛されて、信頼されているんだよ。僕もアリシアが悪女になるのを応援してるけど、君の理想の悪女と僕らにとっての悪女は随分と定義が違うんだ。

絶対に君の前では言わないけど。

「彼女は僕らのヒーローだからね」

僕は顔を綻ばせながらそう言った。

アリシアに聞かれたら、絶対に怒られる台詞ナンバーワンだ。

「デュークも苦労するな」

じっちゃんの呟きにデュークは苦笑する。

「もうちょっとか弱い女の子だったら良かったんですけどね」

「で、俺達は何をすればいいんだ？」

ネイトの質問にデュークは急に顔を引き締める。

「まずこの村から出た時に、暴動を起こさないと約束してくれ」

「分かった。もし暴れる奴がいても俺らが抑えてやる」

このなかにはロアナ村に閉じ込められた積年の恨みを持つ者達もいる。一気に野放しにするのは相当危険があるはずだ。

まぁ、ネイトが率いる隊ならしっかり抑え込めそうだけど……。

「とはいえ、やべえ奴はすでに目をつけてある」

「流石だな」

「これがその人達のリストです」

　ネイトとデュークの会話にレベッカが割り込み、そっとデュークに紙を手渡す。僕も隣でチラッとリストに目を向ける。そこまで人数は多くない。

「助かる」

「俺らも外の世界に行くにはそれなりの覚悟と準備が必要だからな。なんたって、この村での常識が、外では非常識だから」

　ネイト、王子に向かってずっとタメ口じゃん。

「殿下、ところで私達はどこに住めばいいのですか？」

「全住民が入れるよう近郊の一区画を用意したが、王都からは少々離れている」

「有難うございます。離れているぐらいが私達には丁度いいです。ね、ネイト」

「レベッカの言う通りだ。はみ出し者がいきなり出てくるんだ、歓迎されないのは分かってる」

　自嘲気味にネイトは答える。

「まぁ、あんたに協力してやるよ、王子様」

　ネイトはデュークに手を差し出す。デュークは彼の手を力強く握り返した。

「おれは、ネイトだ。この村にある唯一の隊を率いている隊長だ」

「隊なんてあるんだな」

「少し前に作ったんだ。この村を出て、国に喧嘩を売るためにな」

「それを防げて良かった。君達を敵に回したくない」

デュークは口角を少し上げる。ネイトもにやりと口角を上げた。

「俺もあんたみたいなバケモノ王子を相手にしたくねえよ」

「じゃあ、そろそろ準備するか」

デュークのその言葉に全員の顔が引き締まる。

ついにロアナ村から出る日が来たのだ。この日を一体どれだけの住民が待ち望んだだろう。

太陽のある世界へ行ける。あの明るい希望に満ちた場所へ解き放たれるのだ。

レベッカの手が震えているのが分かる。

「なんだか、恐くなってきたわ」

「大丈夫だ」

ネイトはギュッとレベッカの手を握る。

……ん？　え、そういうこと？

いや、今は追及しないでおこう。あちこちの恋愛事情に口を挟んでいる場合ではない。

デュークは霧の壁の方を向き、手をかざす。その瞬間、たちまち霧がスッと消えた。ついさっきまであった壁はもうそこにはない。

「おおおお！」

誰かが叫びながら、思い切り壁のあった方に走り始める。

自由になれた喜びが抑えきれなかったのかと思ったが、その男は物凄い形相でデュークに襲いかかろうとする。

「あ～あ」

僕は彼を見て呆れた。

パチンッとデュークが指を鳴らせば、男はガクッと地面に倒れ込む。魔力で抑え込まれているため、立ち上がろうと足掻くも無理なようだ。

「ぐッ」

ネイトは「馬鹿が」と吐き捨てる。

「こいつのことを任せていいか？」

デュークがネイトに目を向ける。

「ああ、すまない。こっちで処理する。ジェット」

ネイトの声に、後ろにいた背の高い赤毛の男が応じる。ジェットと呼ばれた男はデュークの前に伏す男を、軽々と持ち上げた。

凄い筋力……。成人男性を片手で持ち上げるなんて。

「いいか、お前ら、ここを出る前に決めただろ。妙な気は起こすなって。それをしっかり守れ。俺が仕切るのが嫌だという奴は出てこい。相手になってやる」

ネイトは男を睨みつけながら周囲にも聞こえるように声を上げた。その声に全員が黙り込み、緊迫した空気が流れる。このなかでネイトと戦おうと思う者はいないだろう。そもそもこの村で最も強いのがネイトだ。彼に立ち向かっても勝てないことは皆承知している。

ということは、その彼と互角に戦ったアリシアって……やばくない？

僕はじっちゃんを見る。「アリシアはやばい」と言葉にしなくてもじっちゃんの目が同意していた。

ぶっ飛んだ人が周りに多すぎて、何が平凡なのか分からなくなる。

もしアリシアが大貴族の位を剝奪されたとしても、どこでも生きていけるだろう。平民になった方が、もっととんでもない成功を収めるかもしれない。

僕がそんなことを考えているうちに、村人達はどんどん外の世界へと向かって歩いていく。

「な、なんて新鮮な空気なのかしら」

「あの眩しいのは何？」

「タイヨウと呼ばれるものらしいぜ」

皆それぞれ初めての外の世界に感動している。

外に出てもまだ森の中は薄暗く不気味だが、微かに太陽が見える。そして、ロアナ村の篭もった空気とは全く違い、空気がとても澄んでいる。

皆の嬉々とした声にじっちゃんは穏やかな笑みを浮かべていた。

こんな所に閉じ込めたこの国が大嫌いだけど、それでも僕はこの国を愛している。

言っていることが矛盾していることは分かっている。……言い方を変えると、僕はアリシアがいるからこの国が好きなのだ。

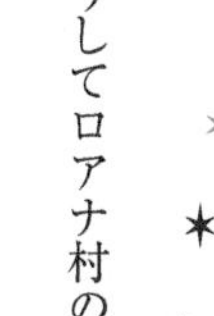

こうしてロアナ村の住人全員が解放された。最初の一人以外、暴れる者は一人もいなかった。

……皆の雰囲気も随分と変わったな。アリシアが来る前の村じゃ考えられなかった。

彼らのことは徹底的にネイトが管理している。彼が隊長で安心だ。どうやらデュークもネイトを信用しているようだし。

じっちゃんは王宮へ戻ることになった。国王が彼の部屋を用意したそうだ。デュークからその話を聞いた時のじっちゃんは、泣きそうな表情をしていた。

もともと王宮で生まれたんだもんね……。

今頃、国王と楽しく会話でもしてるのかな。

僕は生き別れになった国王兄弟の様子をぼんやりと想像しながら、学園の中庭で両手を空に伸ばし大きく伸びをする。

最近色々なことが起こりすぎて、疲れた……。

アリシアが国外追放されたっていうのに、これしきのことで疲れていたらいけないのだろうけど。……でも、彼女のことだ。ラヴァール国でも楽しく過ごしてそうな気がする。

大貴族の令嬢なのに、彼女の環境適応能力は凄く高い。

一体どんな壮絶な人生を送ってきたら、あんな成長をするのだろう。この学園に入ってから色々な令嬢を見てきているけれど、あんな令嬢まずいない。

剣を振り回す令嬢なんて噂にも聞いたことないし、王族のデュークや聖女リズ以外であそこまでの魔法レベルに達している貴族もいないのだ。

とにもかくにも、ようやく僕にも平和が訪れ………たわけではなかった。

僕に向かって、真っすぐ彼女が歩いてくる。

「キャザー・リズ」

僕は気を引き締めて、彼女を見た。

まさか一対一で彼女と対峙する日が来ようとは……。今まで誰かしら周りに人がいたから。……というか、彼女も一人なんて珍しいな。いつものメンバーはどこに行ったんだろう。

「ジル、くん」

初めて彼女に名前を呼ばれた気がする。

少しおどおどしているキャザー・リズを睨む。仲良くするつもりなんて毛頭ない。ましてや、僕は彼女が嫌いだ。

自分が直接被害に遭ったわけじゃないけど、今までのキャザー・リズの言動を見ているだけに、どうしても好きになれない。

「何の用？」

「……ジル君、私のこと嫌い？」

エメラルドグリーンの瞳が僕を射貫くように見つめる。気を抜いたら、その瞳に吸い込まれそうだ。

少し思考力が低下したのが分かる。

まさかこれがメルの言っていた誘惑の魔法、か？

いざ体験してみるとなかなか厄介なものだな。彼女自身、相当な魔力の持ち主だ。よっぽど芯がない限り、大概の人間はこの魔法にかかってしまうだろう。

「嫌いだと問題があるの？」

「私、ジル君に何か悪いことしたかな？」

「僕を懐柔しようとしてる？」

「まさか！　私はただジル君とお話しして、もっとジル君の境遇を理解しようと思って」

僕がロアナ村出身だということは、どこから漏れたのか分からないが、いつの間にか学園内で大きな噂になっていた。

「同情？」

僕の言葉にキャザー・リズの表情が曇る。

親切心で言ったのかもしれないけど、今の僕にはもう誰の助けも必要ない。聖女様が現れる前に、（自称）悪女に助けてもらったからね。あと、自分で言うのもなんだけど、僕は相当ひねくれている。信用している人間以外にはかなり面倒くさい奴だ。

「あのね、私、本当にロアナ村を救いたかったの」

彼女は少し目を潤ませながらそう言った。

「救う、ね」

僕はキャザー・リズを軽蔑の眼差しで見る。

口で言うのは簡単だ。しかし彼女の言っていることはとんちんかんで（いわゆるお門違い）、今更すぎだ。

それに、もはやロアナ村の存在はこの国から消えたに等しい。まぁ、まだ公にはなっていないけど。

逆に、ロアナ村の住民達が解放されたという情報が知れ渡ったら大混乱しそうだな。

「私、たくさん勉強して、魔法も上達して、絶対にロアナ村を良い村にするわ！」

力強い目に見つめられる。

本当に何も知らないんだな。すでになくなった村を良い村にするのは難しくないかもね。頑張れキャザー・リズ。

「笑顔溢れる明るい場所にするの」

もう無人村だけどね。

彼女の話になんて全く興味がないのに、キャザー・リズは一人で勝手に話し続け、僕は理想論を暫く聞かされる。

誰にも苦しんでほしくない、心が浄化されるような村を作りたい、そんな世迷言を右から左へ受け流す。

苦しみがあるから、幸せの価値が分かるというのに……。

彼女と話せば話すほど、どうしてそんなにも無知でいられるのかが分からない。キャザー・リズが語る理想は、勿論悪いことではない。むしろ良いことだ。

それなのに、どうしてこんなにもイライラするんだろう。

「あんたは、一番犯罪が多いと言われている村に一人で乗り込む勇気はあるの？」

たまらなくなって彼女の話を遮り、意地悪な質問をした。

「え？」

「本当に僕らの幸せを想っているのなら、それぐらい余裕でしょ？」

「けど、私、まだ未熟だし……」

「そう言って、いつも何もしない。……全部あんたのエゴだ。ロアナ村に行って、直接村人の要求を聞くぐらいの気概を見せたら？」

　僕の言葉に彼女が狼狽えるのが分かる。

　追い詰めすぎたかもしれないけど、自分より幼い少年にちょっと厳しいことを言われたぐらいで尻込みするなんて意志が弱すぎないか。

　アリシアはキャザー・リズを嫌っているわけではない。むしろ悪役である自分には必要不可欠な存在だと思っている。

　けど、僕にとってキャザー・リズは邪魔な存在でしかない。別に好き勝手に生きてくれて構わないから、僕の大好きな人の邪魔だけはしないでくれ。

　と言っても、キャザー・リズが好き勝手してしまったら、この国は滅びかねないんだけど。

　それに、前にデュークに言われた通り、僕らは今後「聖女」である彼女を利用しなければならない。これ以上、苦手意識を植えつけない方がいいか。

「まぁ、今となってはそんなこと無意味だけどね」

「……どういうこと？」

キャザー・リズは眉を八の字にして僕の顔をじっと見つめる。

「あの村はなくなったから」

「なくなった？」

「そう。だから、もう気にしなくていいよ。……君の重荷は一つなくなったんだ」

自分で言いながら白々しい違和感を覚える。けど、少しぐらい優しくしておいてもいいよね。

「じゃあ、村人たちは？　どうなったの⁉」

今更興味のあるふりをしたところで……もしかしたら、僕の知らないところで彼女なりに色々と調べていたとか？

どちらにしろもう遅いんだけど。

誰かが先に解決してしまったら、どれだけ他の人が頑張っていたとしてもその成果は認められない。研究者や科学者が治療薬を我先にと生み出すのと一緒だ。

キャザー・リズは寝る間も惜しんで勉強していると言っていた。

だから、彼女の成績は常に上位だ。学力試験の結果では、いつもデュークの下に彼女の名前がある。彼女なりに相当な努力をしているのは分かる。

ふと、甘い匂いが漂う。あんなにキャザー・リズを嫌悪していたはずなのに、どこか放っておけない自分がいる。

「ねぇ、ジル君、私に勉強を教えてくれないかな？」

年下に勉強を教えてもらうなんて、プライドがないのか。それとも、そんなプライドを捨ててまで、世界を学びたいと思っているのだろうか。

「その見返りは？」

「私にジル君の傷ついた心を癒せるような力はない。だけど、私は貴方をもっと知りたいわ」

話が全く噛み合わない。これ以上話をしても無駄だと分かっているのに、どうしてか足が動かなかった。彼女の側をひどく心地よく感じている。

いや、そんなはずはない。そもそも僕の心は傷ついていない。幼い頃にロアナ村で経験した数々の辛い出来事は、今ではもう何とも思わない。それぐらいアリシアが僕を変えてくれた。

勝手に決めつけるな、と声を荒らげたいのに、キャザー・リズの傷つく表情を想像すると何故か何も言えなくなる。

一体なんなんだ……。自分の精神なのに、体なのに、自分で操作出来ない。

「ジル」

澄んだ低いその声を聞いて、一気に体が軽くなったような気がした。

デュークだ。

「ここで何をしてる？」

彼はキャザー・リズを訝しげに見つめる。彼女の顔が少し引きつった。

「別に何もしていないわ。ただジル君とお話ししていただけよ」

「それで、話は終わったのか？」

「ええ。私、ジル君から勉強を教えてもらおうと思うの」

彼女は口角を上げてとろけるような笑みを浮かべる。

……なんだか不気味だ。

「僕、教えるなんて一言も言ってないよ」

「え？　けど、さっき」

「見返りに何をしてくれるか聞いただけで、あんたに何か教えようだなんて思わな……」

――キャザー・リズの監視役。

突然、その言葉が頭に浮かんだ。

そうだ、アリシアの役目を今こそ僕が果たさないといけない。

「ジル君？」

急に話を止めた僕を不審に思ったのか、キャザー・リズが僕の顔を覗き込む。

「分かった。教えるよ。けど、本気でついてきてね」

「勿論！」

彼女の表情がパッと明るくなる。デュークはただキャザー・リズを冷たい目で見ていた。

「有難う！　じゃあ私、今から特別授業があるからこれで！」

彼女は手を振りながらその場を去って行った。

……全属性は大変だな。

「ジル、今後一人でいる時に彼女に会わない方がいい」

キャザー・リズが見えなくなってからデュークは静かに呟いた。

「どうして？」

「ジルは魔力を持っていないだろ」

さっきのあの妙な感覚は、やっぱり聖女だけが持つという誘惑の魔法のせいだったのか。

僕は魔力を全く持っていない。だから、彼女の魔法に抗うことが出来ないんだ。

「まぁ、魔力ゼロのわりにかなり抵抗していたと思うが」

「褒められているんだよね？　……なんだか馬鹿にされているような気もするんだけど」

僕の言葉にニヤッとデュークは笑う。

ああ、もう、知ってるよ。デュークはこんな性格の奴だ。寡黙で格好良いクール王子なんかじゃない。

「これまでは、ずっとアリシアの魔力で守られていたってことだろ。彼女は無意識だろうけどな」

デュークは遠くを見つめながら静かにそう言った。

僕はいつもアリシアに守られてばかりだ。

自分のベッドに仰向けになりながら、デュークの言った意味を考える。

アリシアは今、ラヴァール国で孤軍奮闘しているだろう。

「……僕も何かしないと」

天井を見ながら、ボソリと呟いた。

じっちゃんも、ロアナ村の皆もようやく解放されて自由になったんだ。僕もこれからは、自分に出来ることをやらないといけない。

キャザー・リズが、無意識とはいえ誘惑の魔法を使っているのなら、そりゃ誰とでも話せば分かり合えるって発想になるよね。

武力なんて必要ないって言い出すのも無理はない。

僕はアリシアの側にずっといたから魅了されずに済んだんだな……。

そこへ、コンコンッと扉をノックする音が響いた。僕は体を起こし、扉の方に目を向ける。……こんな夜遅くに誰だろう。

「どうぞ」

僕が返事したのと同時に扉が開く。

全く想像していなかった人物の登場だ。

ヘンリかアーノルドかなって思ってたんだけど……。まさか長男が来るなんて。

ウィリアムズ・アルバート。

ヘンリやアランとよく似ているが、彼らよりも少し背が高く、大人の男だ。

リズ側の人間が一体僕に何の用だろう。それに、彼とは直に話したこともない。

そう言えば、最初にアリシアに剣術を教えたのはアルバートだったんだっけ？

彼はやたら申し訳なさそうに僕の方を見つめていた。

「何？」

「……すまなかった」

いきなり頭を下げられた。予想外の行動に僕は言葉を失う。

何がどうなっているんだ。なんでいきなりアルバートが僕に謝るんだろう。

誰かに脅されたとか？

アルバートのことが嫌いだったはずなのに、驚きの方が勝って悪態すら出てこない。

「えっと、なんで謝られているのか分からないんだけど」

「アリシアの言っていることは、やや厳しい言い方ではあったが、もっともだった」

今思えば、アリシアが国外追放された頃からアルバートの様子が変だった。アリシアがいなくなったのと同時にキャザー・リズと一緒にいる姿を見なくなっていた。

アルバートだって強い魔力を有している五大貴族の子息だ。いかに聖女の魔法が絶大なものであっても、何らかのきっかけが生じれば抵抗も出来るのだろう。

「謝る相手は僕じゃなくてアリシアだよ」

「ああ。だが、君にも嫌な思いをさせていたと思う」

「お互い様でしょ。僕も身分をわきまえないで、かなり酷い態度だったと思うし。ましてやロアナ村出身の奴がいきなり出てきて目障りだったのは自覚してる」

「ん？　そこは全く気にしてないぞ」

僕の言葉にアルバートは軽く首を傾げる。

……そういうとこ、アリシアと似たものを感じるんだけど。流石兄妹。

大貴族なら僕の存在を毛嫌いしていてもおかしくないのに。

「以前の俺はリズの言うことに全て間違いはないと思い込んでいたんだ。だから君やアリシアがどんな発言をしても否定していた。本当に申し訳ない。リズが好きで仕方なかったとはいえ、いまだにどうしてあそこまでむきになっていたのか自分でもよく分からないんだ」

分かるよ。意思に反して脳が言うこときかなくなるんだ。これは僕も体験して初めてどういうものか分かった。

それもしょうがない。彼女は特別な力を持った聖女なんだから。

「何かを信じて、意見が偏ってしまうのは僕も一緒だよ。アルバートにとってキャザー・リズが全てだったように、僕にとってはアリシアが全てだから」

僕は彼女を思い出して少し表情を崩す。

「ジルは、とてもアリシアを慕っているんだな」

アルバートのその声は、今までに聞いたことがないくらい優しい響きを持っていた。

「それに、その幼い見た目からは到底想像出来ないような賢い発言をよくする。……アリシアに似ているな」

僕にとってそれは最高の褒め言葉だった。

アリシアに似ている。それを彼女の実の兄から言われるなんて、とても光栄だ。

「俺は一生償ってもアリシアに許されることはないと思っている」

なんて寂しそうな表情をするんだろう。

それに、アリシアはアルバートのことを恨んでなんかいない。キャザー・リズ側であったとしても、兄のことは好いていた。

「……アルバートは、アリシアのことが好き？」

彼は僕の質問に一呼吸置いてから、柔らかい表情で口を開いた。

「ずっと俺の愛しい妹だ」

「そう思ってるのなら、大丈夫だよ」

彼を責めることなんて出来るわけがなかった。

……僕も丸くなったよね。歳かな。

「あ、そうだ」

僕はハッと思い出したように声を出す。

「どうしたんだ？」

「歳をとるんだ。僕、明後日で十二歳だ」

「え⁉　それは盛大に祝わないとな。何が欲しい？　好物は？」

アルバートと和解したとはいえ、いきなり距離を詰めすぎじゃない？　まぁ、良いけど。

「というか、十二歳か。まだまだ子どもだな」

子ども。子どもじゃない。僕はもう自立した大人だ。そこらの貴族の息子よりも地に足がついている。

「たくさん甘えていいからな」

僕が言い返そうとした瞬間、彼は真っすぐ僕の目を見ながらそう言った。

同情で言っているのかと思ったけど、その深い紫色の瞳は本当に僕のことを大事に思ってくれているように思えた。

根っからのお兄ちゃん気質なんだろうな。

「じゃあ、新しい薬草の本が欲しい」

「分かった」

「拡大鏡も」

「十二歳とは思えない物欲だな」

「お酒も飲みたい」

「それはもうちょっと歳とらないとな」

まさか自分がアルバートにこんなに素直にものを頼むとは思いもしなかった。

甘えることが出来る大人というのは、彼みたいな人のことを言うのだろう。僕には今までそんな存在がいなかった。

デュークやアリシアでもなく、じっちゃんでもなく、ヘンリやアーノルドともまた違う、自分の幼さをさらけ出せる人物。

「ジル、子どもは子どもらしくしていて良いんだ。大人に甘えるものなんだ」

アルバートが僕に温かさを与えてくれる。なんて心地いいんだろう。

「たまにおやつに出てくるアップルパイが食べたい」

「ああ。いっぱい作らせよう」

「体力もないし、剣術の心得もない僕だけど、小さな剣が欲しい」

「一流の職人に作ってもらおう」

今までの思いを全部吐き出す。だからだろう、アルバートの前でもはや気持ちが止まらなくなった。

「あと、アリシアに会いたい」

自分の声が少し、震えたのが分かった。

彼女がこの国を出て行ってからそれを思わない時はない。いつも僕の隣にいたアリシアが突然いなくなった。僕の手の届かないところに行ってしまったんだ。

会いたい、と口に出しても周りを困らせるだけだ。だから、必死に気持ちを押し殺してきたのに……。

「俺も。アリシアに会いたい」

彼は静かにそう呟き、僕の頭を優しく撫でた。

アルバートの優しさに、突然不安を覚える。

今は優しくても、いつか僕のことが鬱陶しくなるかもしれない。……また捨てられるかもしれない。

「アルバート、僕はこんなにたくさん、我儘なことを言ってもいいの？」

いつも舐められないよう気を張って鎧をまとってきたのに、もう不安な感情を隠しきれなくなっていた。

自分の弱さを見せてはいけない、アリシアの側にいるためには常に強くあらねばならない。だから、どんな状況下でも焦ったり怯えたりすることなく背筋を伸ばさないといけないのに。

これは彼女を見て、僕が勝手に学んだことだ。

アリシアはどんな逆境でも、可憐に佇んでいる。むしろ、苦境の方が楽しそうな、いきいきとした表情をしているんだ。アリシアがいれば負けるはずがない。彼女を見ているとそう思えてくる。

そんな彼女に憧れているけど、やっぱりたまに臆病になる。

強がっていても、つい人の顔色を窺ってしまうし、わずかな表情の変化にも敏感だ。

やっぱりアリシアはアリシアで、僕は僕なんだ。

僕は今でも、弱くてちっぽけなままなんだ。

「幼少期のアリシアの我儘に比べたら可愛いものだよ。それに、彼女は特別だ。アリシアが甘えられなくなったのは、俺の責任だし。だからジルは子どもらしくいていいんだ」

さっきの僕の質問に彼はフッと口元を緩めて、柔らかな声でそう言った。

「え、アリシアって我儘だったの？」

「ああ。そりゃもう、さっきの数十倍は毎日のように要求していたぞ」

信じられない。あのアリシアがそんなことを言っていたなんて。

……昔の方がよっぽど悪女じゃん。

「けど、ある日何故か変わったんだ。突然本を読むようになって、剣術も習いたいと言い始めて……。一体何が彼女をそんな風にさせたのか、いまだに分からない」

「何か大きなきっかけがあったとか」

「それが特にないように思うんだ。本当に突然だった。本気でアリシアを見かぎりかけた時だったけど……。もしかしたら彼女はそれを察したのかもしれないな」

アルバートが真剣な表情で言う。

アリシアがそこまで我儘放題だったなんて。僕に気を遣って話を盛っていたのだと思ったけど、どうやら事実のようだ。

変わりたいと思うだけなら誰でも出来る。だが、人はそう簡単に変わらない。記憶喪失にでもならない限り人格は変わらないだろう。

「いまだに解明されていないウィリアムズ家の謎の一つだ。まだアリシアが七歳のときのことだ。知っているのはこの家の者ぐらいかな」

「そういえば、五大貴族のなかで、アリシアが唯一の令嬢だよね……。もしかしたら、最初から全部演技だったとか」

「どういうことだ？」

アルバートは首を傾げる。

「もし聖女が現れなければ、デュークの結婚相手は間違いなくアリシアになっていたはずでしょ。だから、わざと彼に嫌われるようなことをしていたとか？」

「じゃあ、なんでいきなり演技をやめたんだ？　それにデュークと出逢う前の話だぞ？」

確かに。演技をやめる理由がない。

けど、自称悪女の彼女にとって、それは願ったり叶ったりだったはずなのだ。

「今思えば、アリシアが変わる前日に少し妙なことがあったんだ」

アルバートは昔のことを必死に思い返すようにして口を開いた。

「けど、あんな些細なこと、関係ないよな……」

眉間に皺を寄せながら小さな声で呟く彼に対して、僕は「教えて」と頼む。アルバートはいまいち自信がない素振りで教えてくれた。

「花が咲いたんだ」

…………ん⁉

「えっと花？」

「そうだ、花だ」

彼はいたって真面目な口調で言う。

どうしよう、アルバートが言っている意味を、全く理解出来ない。僕の勉強不足？

「本当に些細なことだね」

精いっぱい考えて出た言葉がこれだった。

「それが、珍しい真っ黒な薔薇だったんだよ。突然変異かと思って特に気にも留めていなかったけれど、月明かりに照らされたあの幻想的な薔薇は本当に綺麗だった」

真っ黒な薔薇……。僕もこれまで見たことはない。

そうなるとちょっと話が変わってくる。ただのファンタジックな話じゃなさそうだ。

「その薔薇がどうやって咲いたかって解明しなかったの？」

「ああ。誰も調べなかった。それに、夜に咲いて朝には枯れてしまってね。今の今まで思い出しもしなかったよ」

「確かに薔薇が咲いただけで、人が変わるとは思えないもんね。でも、今からでも調べてみる価値はありそうだ」

無意識に口の端が上がる。

彼女はやっぱり特別な女の子だ。僕はそう確信した。

これ以上は僕一人の力じゃ、何も分からなさそうだ。デュークに相談してみよう。

「急にアリシアが別人になって、気持ち悪いとは思わなかったの？」

「全く。ただ驚いただけだ。性格が変わったとしても俺の妹であることに変わりはない。

アリシアをどんな形であってもこの家にもう一度取り戻してみせる」

アルバートは、力強くそう言った。

あ、それはやめてあげて。あんなにもルンルンで国外追放されたのに、すぐに戻らされたら怒りそう。

僕もアリシアには今すぐ会いたいけど、彼女の邪魔はしたくない。

「彼女は自力で帰って来ると思うよ」

「見知らぬ土地で一人だぞ？　しかもあの子は貴族の暮らしをしてきたんだ……」

「そこは心配しなくて大丈夫だよ。だってアリシアだよ？　強く美しい花は誰もが欲(ほっ)する。彼女を手に入れたいと思う人間はたくさんいるよ」

彼女がラヴァール国で野垂れ死にするとは思えない。というか、そんなことは絶対にありえない。

もしかしたら、とてつもなく辛い思いをしているかもしれない。僕が言うのもなんだけど、アリシアだってまだ子どもだ。表に出さないだけで、泣きたい時もあると思う。

それでも、彼女なら前を向いて進んでいける。アリシアがアリシアという人格を失わない限り、大丈夫だ。

彼女の場合、歩いて進んでいくんじゃなくて突っ走ってそうだけど。

そんなことを想像すると、自然と笑みが零れた。

現在十六歳　ウィリアムズ家長女　アリシア

ああ〜！　もう！　信じられない！

私は今、全速力で走っている。余裕も品性もない。ひたすら足を動かすだけ。

「この！　悪魔！」

私は大声でヴィクターに向かって叫ぶ。

まさか私が誰かを悪魔って罵るなんて……。

私以外皆涼しい顔で馬に乗っている。というか馬を全速力で走らせなくても良くない？

もしかして湖から出た後、倒れたこと忘れられてる？　そんなに記憶力の悪い王子だっけ？

「こんなに走っても息が切れないなんて凄いぞ」

今は黙って、マリウス隊長。

「昨日は俺が介抱してやったんだ。これぐらいの体力残っていて当たり前だろ」

ヴィクターはニヤニヤと笑いながら私の方を見る。それと同時におじい様がヴィクターに鋭い目を向けた。

あら、どうしておじい様がヴィクターを睨んでいるのかしら。昨日、私が倒れている間に何かあったとか？

　おじい様達、どうやら私が寝ている間に合流したみたいなのよね。どうしてわざわざここまで来たのかしら。

　ヴィクターはおじい様にそんな目で見るな、と言いたげだ。

「リア、本当にお前、おんな」

「え？」

「同じ人間かよって」

　詰まったような言い方で、ケレスが焦ったように口を開く。

　噛んだのかしら？

　馬に乗りながら話していると、揺れで噛んでしまうことはよくある。

「何言ってんの？　同じ人間だよ」

　私は男のふりを続けながら答えた。むしろ人間かどうか疑わしいのは、ヴィクターの方なんだけど。彼、怪人か何か？

「無駄口を叩いてないで、とっとと行くぞ」

　ヴィクターは容赦なく馬の速度を上げる。

　今の私の脚力で陸上の世界大会に出たら、間違いなく世界新記録出せるわよ。それに、屋敷からロアナ村まで毎日走っていたんだもの。持久力は誰にも負けないわ。

「チビ、冗談抜きで足速すぎないか？」

マリウス隊長が馬と並走する私を驚きに満ちた目で見る。

……私、令嬢よりも暗殺者とかの方が向いているんじゃないかしら。もはや私の役割ってデュルキス国の密偵みたいなものだし。

スパイが本業で令嬢が副業？　ん？　どっちがどっちなのか分からなくなってきたわ。

……総じて、悪女ってことでいいかしら。

「殿下、そろそろいいんじゃないですか」

おじい様が、ヴィクターに声を掛ける。

あら、優しいのね。他の隊員達は私がどこでくたばるのか楽しそうに観察していたのに……。

ヴィクターはおじい様の言葉を無視して私に聞く。

「疲れたのか？」

なんなのよ！　その嫌味臭い顔は！　煽ってるの？

私の実力はこんなものじゃないわよ。

「全く」

ヴィクターを軽く睨みながら答える。彼は私の答えにニッと満足げに口角を上げる。

悪女は疲れることなんてないのよ。焦ったりもしないわ。いつも余裕があるものなの。

だけどちょっと待って、今私はただの少年兵なのだから、別に疲れてもいいんじゃない？

……彼の挑発にまんまとのせられた――‼

上等よ。疲れていないって言ったからには、しっかり走りきるだけよ！

暫く走っていると賑わっている街が見えてきた。活気ある様子が伝わってくる。

「ガキでも酒が飲める歳だよな。街に入るぞ」

ヴィクターの言葉に隊長達が歓声を上げる。

……もしかして、私、ここで？　お酒デビューしちゃうの？

「リア、この前誕生日だったんだろ？　良かったな。誕生日を殿下直々に祝ってもらえるなんて光栄だぞ」

ケレスが私の方を見ながら小声で言った。

本当にそうね。病み上がりで馬と全力疾走させられるなんて、素敵なプレゼントよ。

全く女心ってものが分かってないわね。ラヴァール国の王子ならよく切れる鋭い剣かこの国の歴史書ぐらい用意しなさいよ。

心中で悪態をついていると、ふと、おじい様と目が合う。

……あ、すっかり忘れていたわ。おじい様三人衆が私の教師になってくれるんだった。

とてつもなく価値のある誕生日プレゼントをいただいていたわね。

「さっきから表情がころころ変わるな。何考えてるか分からんが、変なおん」

ニール副隊長が最後まで言い終える前に口を閉じる。

……おん？

「音楽を奏でてるみたいだな」

「は？」

思わず声に出してしまった。表情もきっと酷いだろう。とても上司に向けていい顔とは思えない。

「こ、ころころ顔が変わるから、まるで愉快な音楽を奏でているみたいだなって」

「いつからそんな詩的な表現をするようになったんですか」

私の突っ込みにニール副隊長は少し慌てた様子を見せたが、すぐに小さく咳ばらいをして無表情になる。

ケレスを含めてさっきから何をそんなに言い間違えているの？　怪しすぎるわ。

おん、おん、オンパレード、音域、オンエア、……温泉⁉　そんなわけない。ここに温泉があったら確かに最高だけど、それはただの私の願望だし。

「おん、おん……な」

もしかして、私が女だってことがバレた⁉　確かに昨日の夜の記憶がないもの。

私の呟きに全員がぎくしゃくする。一呼吸置いた後に、ヴィクターが盛大にため息をついた。

ニール副隊長とケレスが体をビクッと震わせる。何怯えているのよ。たかがヴィクターよ。

「こいつらが隠せるとは思ってなかったけど、こうもあっさりとはな」

「同感です」

マリウス隊長は大きく首を縦に振る。

正直、このなかで一番ボロが出そうなのはマリウス隊長だと思っていたわ。今日中に貴方だって絶対口をすべらしてたでしょ。

「まぁ、いつまでも隠しておくようなことでもないからな。……おい、ガキ」

ヴィクターは私の方に視線を向ける。彼の黄緑色の瞳に私が映る。

「お前が女だってこと、こいつらに言った」

悪びれる様子もなく堂々と言い放つ。

……何だろう。死守しなければならない秘密じゃなかったけど、こんな風に言われると腹が立つ。

どうして王子が私の秘密をペラペラ話すのよ、とか、もっと申し訳なさそうに言いなさいよ、とか。色々言いたいことがあるけど、その気持ちをグッと抑える。

そっちがそんな態度なら、こっちにも考えがあるわよ。貴族令嬢ってことまでは言っていないようだけど、今こそ私が培（つちか）ってきた悪女スキルを見せてあげるわ。

「……で？」

私は満面の笑（え）みをヴィクターに向けた。

「は？」

ヴィクターは怪訝（けげん）な表情を浮（う）かべる。

「で、何をしてくれるんですか？　私の秘密を話したのだから、それ相応のことはしてくれますよね？」

「お前、俺を誰だと思ってるんだ？」

「ラヴァール国の王子です。……なので、出来ないことなんてないですよね？」

いつも煽られているのだもの、今度は私が煽る側よ。

呆気（あっけ）にとられているヴィクターの様子を見て、おじい様は笑いをこらえている。

「殿下になんて口のきき方してるんだ」

ニール副隊長が少し慌てた様子で口を挟（はさ）む。

「確かに私達はヴィクター王子に忠誠を誓（ちか）っているけれど、私を失って困るのは王子の方では？」

私はヴィクターを試（ため）すように見つめる。こんな態度をとる兵士などいないだろう。

けど、私にはそれだけの価値がある。自惚（うぬぼ）れなんかじゃない。ウィリアムズ・アリシアとして恥じないように鍛錬を積んできたのだし、王の証――湖の源を得る協力もしたもの。多少の発言は許されてしかるべきよ。

突然、ヴィクターは大きく声を上げて笑い出した。

「殿下がこんな笑い方するの超レアだよな」

「リアと一緒にいると色々な殿下の顔が見られますね」

マリウス隊長とジュルドが小声で話しているのが聞こえる。

「本当、親父もとんでもないものを拾ったな」

ヴィクターは目に涙を浮かべながら笑いを抑えようとしている。

褒められているのか、馬鹿にされているのか……。ヴィクターが私を褒めるなんてありえないから、きっと後者ね。

「確かに今の俺にはお前が必要だ。こんなに役に立つ人間を手放せるわけがない。……そんな態度をとれる人間はじじい三人組かガキぐらいだ」

「「「おい」」」

私とおじい様達の声が見事に重なった。言葉遣いを直さないといけないのは、ヴィクターの方だ。

「それで、お嬢様は一体何がお望みなんだ？」

本、と言いかけたが、口を閉じる。

私を教育してくださる人達がいるのだもの。わざわざ本を選ばなくても……。だとしたら、剣？

けど、交渉する相手は王子よ。もっと利益になるような……そうだわ！

「私が率いることの出来る隊を作りたいです」

「…………は？」

私の返答にヴィクターは思い切り眉をひそめる。

「つまり、俺の立場が欲しいってことか？」

「マリウス隊長の座なんて狙ってませんよ」

「良いことのはずなのに、失礼に聞こえるのはなんでだろう」

マリウス隊長の横でケレスが呟く。ヴィクターは険しい表情を浮かべた。

「だめだ。お前が兄貴に寝返る可能性がないわけではない今、そう簡単に隊を作ってもいいとは言えない」

それもそうよね。……けど、私もここで引くわけにはいかないの。

私は最高の笑顔を作る。今まで悪女らしさを研究しては実践してきたのよ。何を言われても怯まないわ。

「部隊を作れないとしても、私が第一王子に寝返った時点でヴィクター王子は不利になるでしょう。そもそも私、どちらの味方でもないですし」

「なんだと」

「恩があるのは国王陛下です」

「さっき、俺に忠誠を誓っていると言っていただろ」

「陛下に忠誠を誓うならば、必然的に王族であるヴィクター王子も含まれる、程度の意味です」

ヴィクターは驚愕のあまりか、何も言い返せないようだ。

おじい様だけでなくケイト様とマーク様までもが必死に笑いをこらえている。口を手で押さえているけど、しっかり肩が震えている。

王子、私にしてやられたり！

喜色満面で街に入ると、私が想像していたよりもはるかに賑わっていた。

人々は明るく、元気だ。多少の言い争いはあっても治安が悪いというわけではない。単にロアナ村を見てきたからそう思ってしまうのかも。やっぱり自分の目で見て、耳で聞いて、体験するって大切ね。

だけどこんなに色んな個性の人達で溢れている街なのに、一番目立っているのは私達だ。

勿論王子の身バレ防止のために、彼はマントで顔が見えないようにしている。おじい様達も顔を隠している。私は彼らの馬の陰に隠れながら歩いた。

「マリウス隊長～‼」

「ニール様よ！　こっち向いた！」

「他の人達は誰かしら。マントでお顔が見えないわ～。もしかして、王子様かしら！」

「んなわけあるか！　王子がこんなところに来るわけないだろ」

……ヴィクター直属の隊って個人名まで知られてるの!?

しかもこんなに人気があるとは知らなかったわ。傍から見たら、格好良い騎士……ってことかしらね。

「ケレス様っ！　もしよければ……」

頬を赤く染めた可愛らしい女性が彼に香ばしい匂いが漂うクッキーの入った箱を手渡す。

ケレスは慣れた手つきで箱を受け取り、「ありがとう」と優しく微笑む。

「え!?」

ちょ、ちょっと待って。ケレスってモブキャラよね？　どうして彼まで人気があるのよ。

「おい、お前今、滅茶苦茶失礼なこと思っているだろ。てか、顔に出てる」

「ケレスが女の子にお菓子もらってる……」

「悪いか？　俺もなかなか名の通った騎士なんだぞ」

ケレスはふふんと胸を張る。

確かに腕のある兵士でなければ、王子の遠征メンバーに選出されない。……ということは、ケレスだけでなくジュルドも相当な腕の持ち主ってことね。

「こちらの子は？」

ケレスにお菓子を渡した女性が私の方に視線を向ける。

あ、まずいわ。目隠しで顔が見えにくいとはいえ、私も王子達と一緒に隠れていたかったのに。これ以上注目されたら面倒くさいもの。

王子達の方を振り向く。

ん？　……いない!?

「消えた！」

「王子とあのお三方は先に行ったぞ。あまり人だかりが出来ているところにいない方がいいからな」

私が驚いていると、ニール副隊長がこそっと小さな声で教えてくれた。

私も一緒に行きたかったわ。……だって、何故か私に注目が集まっているんだもの。

「最近我が隊に入隊したリアです」

ケレスは女性に私のことを丁寧に紹介する。

「も、もしかして、あの闘技場でライオンと闘っていた子？」

ニゲタイ。

「ああ！　あの時の子か！」

「どこかで見たことがあると思ったわ！」

「俺はすでに彼が布で目を隠しているから、あの時の少年だって気付いていたさ」

女性の言葉に周りが反応し始める。まるで珍獣でも見つけたかのように私のことを興奮した様子でまじまじと見つめる。

私、いつの間に人気者になったのかしら。今までこんな好意的な目を大勢の人に向けられたことなんてなかったから妙な気分だわ。

聖女ってこんな感じなのかもしれないわね。私は悪女だからもうごめんだけど。

ヴィクターは目の前で優雅にお酒を飲んでいる。おじい様達は温かい珈琲を頼んでいた。

何とかあの人だかりからニール副隊長が助け船を出してくれて、逃げ出すことが出来た。

色んな人達に一気にあれこれ質問されるのも大変ね。あれでは聖徳太子もお手上げよ。

「遅かったな」

私と目を合わせるでもなくヴィクターは言った。

マリウス隊長達は「申し訳ございません」と頭を下げる。私はじっくりと今自分のいる場所を観察する。

さっきマリウス隊長が、この場所は王子の行きつけだって言っていたけど……とてもそんな内装には見えない。

電球が明るいとは言えないし、古臭い木材で建てられていて、人も少ない。店主も強面で寡黙な人だったし。……なんだか隠れ家みたい。

「何を考えている？」

ヴィクターが探るように私を見つめる。

「なんだか不思議な場所だなって」

「王子の俺に似合わないって？」

……ヴィクターはエスパーなの？

「ここは静かだし、誰にも邪魔されないだろ？」

何となく腑に落ちた。がっつり装飾されているあの厳格なお城より、こっちの方が落ち着く。

「飲むか？」

「お断りします」

ぴしゃりとした私の拒否に、その場に緊張が走る。

先ほど言い負かしたこともあり、これ以上ヴィクターの機嫌を損ねるなとでもいうように、ニール副隊長が私を強い口調でたしなめた。

「殿下に対して失礼だぞ」

「外で気を抜くわけにはいかないので。常に頭が冴えた状態でいたいんです」

「この場所は安全だ。それに、少しくらいの息抜き……」

「ニール副隊長、忘れましたか？　私はついこの間まで奴隷同然だったんです。自分の身は自分で守らないといけない。外出中は危険と隣り合わせなものでしょう」

堂々と答える私に、ニール副隊長は閉口する。

正直、私なら飲んでも戦えるぐらいの自我はあると思うけれど、この国のお酒が体質に合うかどうか分からないうちは人前で飲まない方がいい。ましてやヴィクターの前では。うっかり何か言ってしまったら大変だもの。

「王子はお酒強いんですか？」

「酔いたくても酔えないんでな」

私の質問にヴィクターは短く答えた。

「強要はしない。好きなものを頼め」

ヴィクターから渡されたメニュー表には、珈琲とお酒の二択しかなかった。紅茶を頼もうと思っていたのに……。

飲み物の種類が随分少ないお店なのね。

マリウス隊長とケレス、ジュルドはお酒を頼んで、ニール副隊長と私は珈琲を頼む。

「さっきの話の続きだが、お前が作る隊のメンバーは一体どうするんだ。どこから人材を選ぶ？」

ヴィクターはグラスいっぱいに入ったお酒をグイッと飲み、少し乱暴に机に置く。

「直接私が探すので心配無用です」

「一人ずつ探すのか？」

「はい。自分の目で見極めます」

「よくそんな面倒なことをしようと思うな。素直に頭を下げれば俺の隊から使える奴を持っていけと言おうと思ったんだが……その前に、ガキの隊に入りたいと思う奴なんていないか。こんな子どもについていこうなんてよほどの物好きだろうしな。そんなんで大丈夫か？　へっぽこ部隊でも作ろうとしてるのか？」

この王子はどうしてこうも煽り上手なのかしら。……けど、乙女ゲームの世界ではこういう俺様が、メインの攻略対象者になったりするのよね。

「逆です」

「あ？」

ヴィクターは顔をしかめた。

「私の隊に入隊するなんて世界で一番難しいと思ってもらいます。これから嫌でもそれを思い知ることになりますよ。その上で、私の隊に入ることが最も光栄であるということも」

私は笑顔を崩さずに言ってのけた。

「へぇ、俺より優秀な部隊を作るってか」

「お前のその自信は一体どこから来るんだ……」

にやりと笑うヴィクターの隣で、ケレスが呆れた様子でぼやく。

歴史に残る悪女の部隊よ？　弱っちい隊なんて作るはずないじゃない。

「一体お前は何を目指してるんだ？」

「なんでしょうね」

私は珈琲を一口飲んで、ヴィクター相手ににこりと微笑む。

今までだったら「世界一の悪女！」って答えていただろうけど、もう十六歳になったんだもの。大人のミステリアスな女でいた方が魅力的よね。

それに前にジルに言われたことがあるのよね。悪女は自分から悪女って言わないって。

……確かにそうよね。

聖女が自ら「私は優しい人間なので、この世の平和を願っています、合掌」って自己紹介代わりに言っていたら引くもの。

「どこまで計算してるんだ」

ニール副隊長が私を疑うように目を細めた。

「何をです？」

「闘技場でライオンと闘った時から、国王陛下に気に入られることまで計算していたんだろう。しかも、あの日はもともと違う人間が闘うはずだった。分かった上でのことなのか、それとも本当に単なる偶然なのか」

彼の言葉でその場の空気が少し張り詰める。

流石副隊長。しっかりと私を疑っていたわけだ。

「正直、こんな小柄な子どもでは何も出来ないと思っていたが、肺活量や筋力が尋常じゃない。並外れたという言葉では言い表せないぐらいの潜在能力を秘めている。しかも……お前は女だ。見た目からして華奢な女が、どう生きてきたらこんな風に育つんだ？　これからまだ伸びる余地まであると考えたらバケモノだ」

悪口？　いや、褒め言葉？

私は気ままに悪役令嬢をしていただけなんだけれど……。

というか、ニール副隊長ってこんなに饒舌だったんだ。理路整然としている様子は変わらないけど……。

なんて答えるべきかしら。

「確かに、どんな育て方をしたらリアみたいになるかは気になるところだな」

突然、ケイト様が話に入ってきた。興味津々の瞳で私を見ている。

「同感だ」

おじい様、私が貴方の孫娘だと気付いていたとしても、お父様を叱るようなことはしないでね。

おじい様も同調する。その隣でマーク様も頷いていた。

「自由に生きた結果ですかね？」

私がヘラッと笑うと、ニール副隊長の目はさらに鋭くなった。

もう、そんな目で女の子を睨まないでよ！　いくら顔が良くてもモテないわよ！

「使えねえなら元の国に送り返してやろうかと思ったが、お前はこれから先も俺の手元に置いておきたい」

……あらヴィクター王子、それはまずいわ。

ラヴァール国への国外追放は、修行なんだもの。

「自由に生きた結果、国外追放されて、ライオンと闘って陛下に関心を持たれ、今は殿下のお気に入りってことか？」

「凄い設定盛りだくさんですね、それ」

「お前のことだ」

改めてニール副隊長に言葉にされると驚く。私、かなり悪女らしいことしているんじゃないかしら。

だって、国外追放先で王子のお気に入りなんて、悪女として百点満点よ。素質あるわ。

だけど暫くしたら、デュルキス国に戻るっていう悪女再来計画を企てているのだもの。

ヴィクターのお気に入りだなんて面倒なだけだわ……。

「おい、なんですっごく嫌そうな表情浮かべてんだ。殿下からのこんなお言葉、一生かけていただけないぞ」

「チビ、お前、殿下に気に入られるってことがどれだけ凄いことなのか分かってないだろ。ヴィクター殿下の騎士である限り、こんなに価値のあることはない」

マリウス隊長に続いて、ケレスも言葉を挟む。

名誉であることは十分わかっているけど、正直そんなの求めていないもの。ヴィクターにとって私が必要不可欠な存在になるのはあまり良い展開とはいえない。

かといってこのまま不興を買うと、不敬罪でまた闘技場送りにされるかもしれないわね。

仕方ない、ここは……

「ありがとうございます？」

「何故疑問形なんだ」

私の妥協案にヴィクターが眉間に皺を寄せる。

「あの、一つ聞いてもいいですか？」

「ああ」

「第一王子のことです」

一瞬でヴィクターの顔色が変わった。露骨に嫌そうな表情を浮かべる。

そんなに毛嫌いしなくてもよくない？　兄弟なのにあからさまに嫌悪感出しすぎよ。

私もアルバートお兄様やアランお兄様に好かれてはいなかったけれど、別に嫌いなわけじゃなかったのに。

「第一王子は王位継承を本気で望んでいるのですか？」

「さあな」

「本当に何も知らないのですか？」

私がさらに探りを入れた瞬間。

ヴィクターからとてつもない殺気が溢れた。今にも私を殺しそうな勢いだ。触れてはいけないところに入り込みすぎたみたい。

「お前、誰に口をきいているかよく知った方がいいぞ。……マリウス、こいつの指を切り落とせ」

その場が凍りついた。ヴィクターが本気で言っているのが分かる。

気性の荒い人間だというのは分かっていたけれど、まさかここまでとは……。

「マリウス」

ヴィクターの凄みをはらんだ声音にマリウス隊長はビクッと小さく体を震わせた。

「で、ですが殿下」

「いいからやれ」

「考え直した方が賢明かと」

おじい様がヴィクターの怒りを鎮めるようにそっと口を挟む。

「うるせえ。こいつは調子に乗りすぎだ。自分の立場を分からせてやる」

はぁ。……残念だけど、貴方じゃ私の足元にも及ばないわ。

「短気は損気ですよ、王子」

「は？」

「なんでこの状況で笑ってられんだよ」

「……怖いもの知らずにも程がある」

ヴィクターの言葉の後にケレスとジュルドの囁き声が聞こえた。

「お酒でも飲んで落ち着いてください」

「俺をなめてるのか？　それとも本当に死にたいのか？」

「死ぬ場所は自分で選ぶので」

「おいチビ！　開き直ってる場合じゃねぇ！　早く謝れ」

ヴィクターを煽る私を、慌ててケレスが止めに入る。私の心配をしてくれるなんて良い人ね。

でも大丈夫。私は隣国の王子に殺されるほど弱くない。それに、最近悪女らしいことをしていなくて、そろそろ刺激が欲しかったのよ。

ヴィクターは私から目を逸らさずに口を開いた。

「マリウス、早くこいつを押さえつけろ」

現在十二歳　ジル

「何か分かったことはあった？」

僕の言葉にデュークは首を横に振った。

デュークに分からないことは流石に僕も分からないだろう。

誰もいない学園の旧図書室で、僕とデュークとヘンリはアリシアの性格が変わる前の日のことを調べていた。

先日十二歳になった僕は、ウィリアムズ家で盛大に祝ってもらった。アランはまだ僕を気に入らないようだったが、ヘンリとアルバート、そしてアーノルドには感謝してもしきれないくらい良くしてもらっている。アリシアの母親ともついに対面出来ると思っていたが、その日は用事で不在だったようだ。

勿論、デュークにもだ。彼からはお祝いにとある封筒をもらったけれど、まだ中身を開けていない。

その時に、デュークにアルバートから聞いた黒い薔薇の話をしたのだ。

「どんなに調べても黒い薔薇の情報なんてない。直接見てみたかったな」

「そんなことよりも～！　いいお知らせがあるんだけど！」

そこにひと際甲高い声がし、メルが頬を膨らませながら僕らの視界に入ってくる。ヘンリが彼女の後ろで苦笑いを浮かべた。

言うことをきかない子どもとそれに苦労している親みたいだ。

「何だ？」

「アリアリの聖女認定を無事に終えました～！　王国に提出してきたよ～！　いえ～い！」

アリシアに余計なことするなって殺されそう……。メル、ご愁傷様。

というか、本人不在でも出来るものなんだね。アリシアの今までの努力が水の泡だよ。あんなに悪女になりたがっていたのに、正反対のものを手に入れちゃうなんて。

「なんか、複雑だよね」

僕の言葉にヘンリも同意する。

「本来なら認められて嬉しいはずのものなんだけどな」

「勝手に手続きしちゃったから、アリアリ怒るかな～。けど、こうでもしないとデュークはアリアリと結婚出来ないもんね！」

確かにメルの言う通りだ。デュークがアリシアと結婚するためには彼女が聖女として国に認められなければならない。

「案外簡単に許可が下りるものなんだね」

「聖女認定だよ⁉　簡単なわけないじゃん」

僕の言葉にメルは大げさに反応する。

「どうやったの？」

「国王陛下に直談判に行ったの。そしたら認定出来ちゃった」

「やっぱ簡単じゃん」

「ジル、国王陛下に拝謁することがどれだけ大変なことか分かってないでしょ。まぁ、私はデュークというコネを使ったんだけどッ」

「アリシアをどう売り込んだんだ？」

ヘンリがメルに尋ねる。

それは僕も気になる。そもそもメルって失礼なく国王陛下と話せるんだろうか……。

「そりゃもちろん、アリアリは肌がすべすべで、あの美しい黄金の瞳には誰もが釘付けになって、可愛くて超美少女で、無敵で」

「俺が聞いた内容とは違うな」

デュークがメルの言葉を遮る。

「アリシアのこれまでの業績を事細かく説明し、彼女が聖女である資格をすでに身につけていると熱弁されたって父は言っていたけどな」

デュークはメルに向けてにやりと笑う。メルは顔を真っ赤にして叫んだ。

「デューク!!　信じられない！　この腹黒王子！　アリアリに言いつけてやる！」

なんだかんだ言って、メルはデュークに忠実なんだ。

「アリシアに言ったらだめだろう。聖女認定したことがバレる」

「あ、そうだった」

「このことはアリシアに隠し通そう」

ヘンリの提案にメルは大きく頷いた。デュークも隣で「ああ」と小さく答える。

「そう長く隠し通せるとは思えないけど。まぁ、国外追放されたアリシアにとって、多少なりとも手助けになるならいいか……アリシアの場合、実力で戻ってきそうだけど。バレても僕は聖女認定には全く関与してなかったってことでよろしく」

アリシアの怒りを買いたくない僕は満面の笑みでそう言った。

「ただそうなると、この国には二人の聖女がいるってことだよな」

ヘンリの言葉にメルが小さく呟く。

「リズのことを聖女だなんて思ってないけどね」

キャザー・リズが聖女ということはまだ公には発表されていないが、ほとんどの人間が察している。

けど、なんで発表していないんだろう。

国の機密情報……ってわけでもなさそうだし。どちらかといえば、アリシアの方を秘密にしておきたいような……。

デュークと目が合う。

……嘘だろ。

「もしかして、アリシアが認定される日が来るまであえて……？」

「そうだ。いくら周りがキャザー・リズが聖女だと騒いだとしても、公表は避けていた。これは五大貴族も同意の上だ」

僕が問いを終える前に、デュークが話し始める。

「リズが聖女なのは明らかだったからな。平民出身で貴族でも類を見ない全属性魔法の使い手。全てが異質だ。……が、アリシアの方が興味深い。聖女の監視役なんて馬鹿げたことをやらせたのも、アリシアを聖女認定させるためと考えれば、それを利用しない手はないと思った。天才が並々ならぬ努力をして、嫌われ役に徹してるんだ。やっぱりアリシアは面白い」

「デュークは最初からアリアリを聖女認定させる気満々だったもんね～」

メルが弾んだ声でデュークの後に続く。

アリシアが監視役をするってなった時はあんなに怒ってたのに。彼が計算高い人間だっていうことは分かってたけど、ここまでとは……。僕ら全員、デュークの手のひらの上で転がされてるんじゃないか。

「まぁ、この国にいるはずの聖女は一人で旅立っちゃったけどね」

僕は遠くを見つめながらそう言った。

「ろくでもない方が残るなんて」

メルもため息をつく。ん？　待てよ……。

「あの力を利用出来るって考えたら、ろくでもなくはないかもしれないよ？」

皆が一斉に僕のことを珍しい動物を発見したかのように見る。

「な、何？」

「ジルがリズを悪く言わないなんて……！」

ヘンリの言葉にデュークもメルも頷いた。

「僕そこまで酷い人間じゃないよ。…………そんなにキャザー・リズのことボロクソ言ってた？」

「「「うん」」」

三人の言葉が同時に重なる。

……今でも嫌いなはずなんだけど。どうしてだろう。アリシアに言われた通り、客観的に物事が見られるようになって、リズに対しての偏見が少しなくなり始めているのかもしれない。

「前はリズを見ただけで殺気が凄かったからな」

「そうだっけ？」

「今にも殺しそうな目で見てたよ！　あの時、最高に興奮しちゃった」

「ただの変態じゃん」

「殺さなくて良かったな」

「僕を何だと思ってるの」

メルとヘンリとデュークからの言葉で自分が変わったことを理解する。

これが良い変化なのか悪い変化なのかは分からない。ただ、キャザー・リズと直接話して、少しだけ彼女のことが分かったような気がする。

彼女は悪い人間というわけじゃない。悪意のない世間知らずなだけだ。

「ねぇ、もしかして、ジルってばリズの魔法に……」

「ああ、俺が声を掛けるまで、彼女と二人っきりだったからな」

「けど、ジルがアリシアを思う気持ちに負けるわけないだろ」

「だからって、魔力なしであのバケモノ級の魔力を持ったリズと対面してるんだよ？」

「とにかくもう少し様子を見よう」

デュークの声でハッと我に返る。三人でコソコソ何かを言い合っていたが、キャザー・リズのことを考えてしまって聞いていなかった。

僕も気を引き締めて、皆と一緒に彼女のことを観察しておこう。

キャザー・リズは、学年関係なしに学園のありとあらゆる人と仲良くしている。どんなに態度が悪い生徒に対しても常に笑顔で接し、人の持つ黒い部分なんて知らないかのようだ。

彼女が人気な理由がちょっとだけ分かった気がする。彼女の周りにいると心が浄化されたような気になるのだ。彼女の魔力が余程心地いいものなのだろう。

「ジル君？」

ぼんやりとキャザー・リズを観察していたら、いつの間にか彼女は僕の前に立っていた。

「え？」

「なんだか、私の方を見ていたような気がして」

彼女は優しく僕に笑顔を向ける。僕が何も言わずにいると、勝手に話し始めた。

「今日はなんだか穏やかな雰囲気だね。今までずっと睨まれてたから、私のこと嫌いなのかなって思ってた」

「ちが……」

何が違うんだ？　僕はキャザー・リズのことは嫌いだ。

彼女は眉を八の字にして小さく笑う。

今まで感じたことはないのに、何なんだこの妙な罪悪感は……。これが誘惑の魔法の力なのか？

それとも今まで僕がキャザー・リズのことを誤解していただけなのだろうか。

「ジル君はデュークと仲が良いの？」

「まぁ、それなりには」

「そうなのね！　私も彼と仲が良いのよ。凄いよね、デュークって。魔法に関しては最年少でレベル100になったし、賢いし、強いし、まさに理想の王子様よね！」

聞いてもいないのに、彼女は目をキラキラと輝かせてデュークについて話す。

「けど、時折どこか寂しそうな表情をするの……」

それはきっとアリシアがいないからだよ。

「私に何か出来ればいいのだけれど。最近はあまり話さなくなったし……」

「前まではどんな会話してたの？」

「そうね……授業の話が多かったかしら。彼に質問したりすることが多かったわ」

どうして僕は彼女と普通に会話しているんだろう。それもなんの嫌悪感もなしに。

「本当はね、私、アリシアちゃんとも仲良くなりたかったの。今もそう思ってる。なのにあんなに周りを拒絶するのって、きっと彼女が孤独だからじゃないかな」

彼女は想像だけで話をする。

僕は黙って話を聞き続けた。キャザー・リズの話が楽しいからじゃない。彼女の考え方にしっかり向き合ってみたいからだ。その上で僕なりの判断をしようと思った。

「私、今でもアリシアちゃんを救えるって信じてるわ。手を差し伸べ続けたらいつか分かり合える日が来ると思うの。だから、私は諦めないわ」

…………一体何を言ってるんだ？

キャザー・リズの頭の中がお花畑なのは知っていたが、本当にここまでだったとは。少しでも心を許そうとしてしまった自分を恥じる。完全に僕の手に負えない人種だ。そう思った瞬間、ここ最近キャザー・リズのことを考えると霞みがかかったような感覚だったのが一気に晴れた。

僕は盛大にため息をついた。

「ジル君⁉　どうしたの？」

「国外追放になったアリシアを、どうやって助けるんだよ」

キャザー・リズを嘲笑うように言った。

僕の雰囲気が変わったのを察したのか、キャザー・リズの表情が引きつるのが分かる。

ごめんね、キャザー・リズ。

僕の本能が君を拒絶しているから、どうしようもない。

「そもそもアリシアのどこが孤独なの？　孤高って言葉の方がよっぽど似合うよ」

「だ、だって、あんなに皆を拒絶して、人と向き合おうとしていないじゃない」

「僕とは向き合ってくれたよ」

「じゃあ、どうしてこの学園の生徒に対してあんなに冷たいの？　もっと皆に優しく接するべきよ。いくら大貴族でも、人にやられて嫌なことはしちゃいけないわ」

「取捨選択しているだけだよ。自分に利益のある人間とそうでない人間を選んでるんだからしょうがないいんじゃない。……全人類皆仲良し、なんていうのは絶対にありえないよ」

僕の言葉にキャザー・リズは目を大きく見開いた。どうやら、これ以上言葉が出てこないようだ。

僕の言っていることが生意気だというのは理解出来る。けど、キャザー・リズの理想論よりよっぽどましだ。

少しの時間でもその人と向き合えば、どういう人間かはなんとなく分かる。時間は有限だ。だからこそ、付き合うべき人間を選ぶのは悪いことではないと思うんだけど。

それに、アリシアはキャザー・リズとちゃんと向き合っている。彼女の監視役として。

「むしろアリシアに感謝しないといけない側なのに」

彼女に聞こえないくらいの声で呟いた。

「じゃあ、僕はこれで」

これ以上彼女と話しても何も生まれない。

立ち去ろうとしたのと同時にキャザー・リズが僕を引き留めた。

「ち、ちょっと待って。ジル君。お願い、私の話を聞いて。これで最後にするから」

懇願（こんがん）するように僕を見つめる。

今日に限ってどうして食いついてくるんだろう。

「こんなこと君に言おうとしている私がおかしいって思うけど、それでもジル君に聞いてほしいの」

今にも泣きそうな表情を浮かべる。

これでも一応僕は男だ。女の子の泣き顔を見て放ってはおけない。というか、このままキャザー・リズを無視したらアリシアに怒られそうだ。

「何？」

「聞いてくれるの？」

「ちょっとだけね。だから、とっとと話して」

結構乱暴に言ったつもりだったのに、キャザー・リズは嬉しそうに笑みを浮かべた。

……そんなに話し相手が欲（ほ）しかったら、リズ信者達に話した方が同情してもらえるのに。

「ありがとう。……私ね、誰にも話したことないんだけど、平民出身っていうのがずっとコンプレックスだったの。どんなに自分に言い聞かせてもやっぱり身分はどうにも出来ない。周りからは軽蔑の目で見られる。自分らしくいれば大丈夫って思っても、うまくいかない時もあって」

キャザー・リズは苦笑する。一呼吸置いて、また話を続ける。

「他の生徒達がアリシアちゃんに向ける軽蔑の目。私はあの目を知っている。あんな敵意むき出しの目を向けられて、平気な子なんかいないわ」

……………アリシア、めっちゃ喜んでるよ。

真剣に話すキャザー・リズを見ながら、僕は心の中で突っ込んだ。

「私の場合は、デュークに助けられたの。虐められて平気なわけじゃなかった。毎日苦しかったし、辛かったわ。けど、デュークや、生徒会の皆が私に手を差し伸べてくれたの」

なんか都合よく話が脚色されているような気もするけど、実際そこに僕がいたわけじゃないし、口は出さないでおこう。

「そうして、私は自分を取り戻したの。デュークは人気者だったから、僻んでくる人達もいたわ。だけど私はむしろ、彼女達と仲良くなろうって歩み寄ったの」

それって、火に油を注ぐようなものじゃない？

「そしたら、彼女達も私のことを少しずつ分かってくれたわ」

流石、誘惑の魔法！　とんでもない威力だな。

「だからね、お互いを知るってことは、本当に大切なんだと思う。理解し合えたら、争いなんて起きないもの。お互いの考えを尊重し合い、譲り合えば素晴らしい世界が築き上げられるに違いないわ」

……一体何の話をしてるんだ？

最終的に世界平和の話になったし。なのに中身がびっくりするくらい薄っぺらい。

「つまり譲歩しろってこと？」

「そんな片方だけが悪いみたいな言い方はいけないわ。歩み寄りましょう、ってことよ」

僕は色々言いたい気持ちをグッと我慢する。

まず、一度は相手の考えを認めるんだ。アリシアならきっとそうするはずだ。

スッと軽く息を吸って、エメラルドグリーンの瞳を見据えた。

「確かに全人類にそれが出来たら、理想の世界になるだろうね。けど譲歩出来ないこともたくさんある。人はそれぞれ自分の考え方にプライドを持って生きているんだ。キャザー・リズ、確かに君の考えを尊重している人間は多い。だけど、多数派が正しいとは限らない。君が思っている正義を僕らに浸透させようとしている時点で、すでに理解し合うということは不可能なんだよ」

キャザー・リズの言っていることと実際に学園内で行われていることは真逆だ。

「それって、まるで私が皆に自分の価値観を押しつけているみたいに聞こえるわ」

眉間に皺を寄せながら、彼女は答える。透き通った声が耳に響く。

「違うの？」

「違うわ。私はそんな洗脳的なことは嫌いよ」

「無自覚って怖いね」

「どういうこと？」

彼女は怪訝な表情で僕を見る。キャザー・リズのこういう表情は珍しい。

「それなら、ジル君が尊敬しているアリシアちゃんはどうなの？　彼女の方が自分の価値観を相手に植えつけようとしているのではない？」

そりゃ、アリシアはキャザー・リズの監視役だからね。過度に意見を言わないと、君は気付かないでしょ。

「そもそも、虐めてた奴らを非難しない理由が分からない。どうしてそんな奴らとも仲良くするの？　……それって、相手と向き合ったんじゃなくて、その場だけ丸く収めた問題先送りって言うんだよ」

「分かり合えたのよ！」

僕の指摘に腹が立ったのか、彼女はいつもより強い口調で遮った。

分かり合う……キャザー・リズが使うと胡散臭いだけだな。

「キャザー・リズは、どうなったら満足するの？」

僕の問いに彼女の表情が変わった。穏やかな雰囲気が一切ない。

「私は、ただ……」

キャザー・リズは言葉を詰まらせる。

「ただ、何？」

「私は、……ただデュークが好きなのよ」

今までに見たことがないくらい寂しそうな表情で、彼女は弱々しくそう呟いた。

思わず言葉を失った。本気で恋をしている女の表情だ。

「デュークがアリシアちゃんのことを好きなのは百も承知よ。国外追放を止めなかったのは、これ以上デュークの側にいてほしくないって思ってしまったから。……それでも彼の心は、彼女のものだけれど」

ああ、そうか。キャザー・リズは恋をしているだけなんだ。

嫉妬と向き合いながら、必死に戦っている。彼女はたくさんの人間に好かれているのに、ずっとデュークだけを一途に思ってきたんだ。

きっと彼女の目にはデュークだけが特別に見えるのだろう。リズ信者がリズを献身的に愛するように、リズはデュークを心から愛してるんだ。

だから、心のどこかでアリシアを嫌っていて、それが彼女の魔法に反映されているのかもしれない。まぁ、これは僕の想像だけど……。

「自分が醜いって分かっているわ。デュークの幸せを願っているなんて思っても、どこかで私と一緒に幸せになってほしいって願っている。アリシアちゃんよりも私の方がずっとずっとデュークを想っているのに……。どれだけ想っていても、報われることがないのも分かっているわ。だからこそ、必死に自分に言い聞かせてきたの。努力すれば絶対報われるって。そうしないとやっていけないじゃない。だって、好きって気持ちをなくすことなんて、簡単には出来ないのだから」

助けを求めるように大きな瞳に涙を浮かべながら僕を見る。

初めてキャザー・リズの本音を聞けたような気がする。彼女が一番なりたかった人物はアリシアだったんだ。

僕は何も言えなかった。ただ、キャザー・リズの話を聞くことしか出来なかった。

「カーティスに、アリシアちゃんには敵わないって言われたことがあったわ。超えられないって。けど、そんなの悔しいじゃない。これは女としてのプライドの戦いなのよ。だから、アリシアちゃんが国外追放となった今、デュークは少しぐらい私に振り向いてくれたっていいでしょ？　だって、あの子は絶対またここに帰って来るのだから」

「アリシアよりも先に出会っていたかったって思った？」

間抜けな質問だと分かっていても、今の僕にはそれぐらいしか聞けない。

キャザー・リズは首を横に振る。

「どのみち、デュークは彼女しか見ていなかったと思うわ。……だから、アリシアちゃんが羨ましくてしょうがないの。デュークに好かれるなんて、最高の贅沢じゃない」

彼女は切なそうに、笑みを浮かべる。

乙女心というものが、僕にはよく分からない。けど、今のキャザー・リズの気持ちは少しだけ理解出来る。

僕ももし、アリシアと同い年でデュークよりも早く彼女に出会っていたら、今のような関係にはならなかったかもしれないと考えたことがある。

本人の幸せを願って見守るだけのことに、どれほど心が締めつけられるかを知っている。

……まぁ、僕の場合は、恋愛として苦しいというのとはちょっと違うと思うんだけど。

キャザー・リズはずっとデュークを恋しく思っているのだ。どれだけ脈がないと分かっていても。

デュークのなかに爪痕を残そうと必死なんだ。

…………僕らにとったら、それがとんでもなく迷惑なんだけどね。

ウィリアムズ家に帰り、図書室に籠もりながら、今日の出来事を思い返す。

女として戦うキャザー・リズの表情が頭から離れず、本の内容が全く頭に入ってこない。彼女の価値観は僕とは違うものだし、理解出来るものでもない。だけど、デュークの件だけは同情してしまう。

キャザー・リズは理解してくれる人間を周りにたくさん置くことで承認欲求を満たし、自分が正しいと思いたかったのだろう。

アリシアがキャザー・リズのせいで死にかけたのは絶対に許せないけど、初めてキャザー・リズを、とても人間らしいと思った。

「彼女を利用出来るか否かはデュークにかかってるってことか」

僕はそっと本を閉じる。

と同時に誰かが図書室に入ってくる気配がした。

「アーノルド、早く用件だけを話してくれ」

……この声って、ゲイルの父親？

声がした方に目を向ける。灰色の髪に、眼鏡をかけた不機嫌そうな人物。間違いなくゲイルの父親ジョアンだ。

「少し待ってくれ。見てほしいものがあるんだ」

そう言ってアーノルドは本棚を見渡し、一冊の本を手にする。

金色の刺繍でデザインされた古い本。僕もあの本はまだ読んだことがない。

アーノルドはフッと本に息を吹きかける。埃が軽く宙に舞う。

ジョアンは怪訝な表情を浮かべたまま「何の本だ？」と尋ねている。

僕も目を凝らしながら必死に書名を見ようとした。

「アルバートに言われたことで、今更になって思い出したんだ」

「だから、一体何の話だ？」

「アリシアの様子が変わった日の前夜に、真っ黒い薔薇が咲いたんだ」

「真っ黒い？」

「お前も聞いたことがあるだろう。国の命運を握る人物が生まれた瞬間に咲くと言われている花だ」

「ああ。特殊な色の薔薇の花が一輪咲くってやつだろう。たしか、聖女が生まれた時は輝いた金色の薔薇が咲いたんだったな」

「平民だったから、見つけるのに少し手こずったけどな。……聖女にばかり焦点をあてていて、すっかりアリシアの時のことを忘れていた」

アーノルドの言葉にジョアンはさらに難しい表情を浮かべた。

そんなに考え込むと、顔の皺が増えちゃうよ。

……それにしても、黒い薔薇の情報に加え、金色の薔薇まで咲いていただって⁉

国の超極秘情報を聞いて大丈夫かな。僕、消されたりしないよね？

「それに、覚えているか？　殿下が誕生した日も青く美しい薔薇が咲いたんだ」

あ、三人に増えた。

アーノルドの言葉に僕は頭をフル回転させる。

青い薔薇って、奇跡って意味だったような気がする。黒い薔薇は、永遠。そして、金色の薔薇は嫉妬。

まぁ、ただの花言葉だけど……。

だけど、最もこの国の命運を握っているのはデュークのようだ。

現在十六歳　ウィリアムズ家長女　アリシア

……マリウス隊長、なんて馬鹿力なのかしら。

私は机に体を強く押さえつけられて、逃げられない体勢になっている。

ヴィクターの圧に部屋の空気が張り詰め、彼は黙って私の頭に酒をぶっかけた。

あら、レディーに対してのマナーがなっていないわね。そんなに第一王子のことが嫌いなの？

睫毛からお酒が滴る。

「指を出せ」

二度と魔法を使えないようにしてやる、彼の目はそう言っているように見えた。

全く、誰のおかげで湖の源が手に入ったと思っているのよ。

「あの眼鏡から私の情報を他に聞きました？」

私はヴィクターに質問した。あの眼鏡というのは闘技場の支配人のことだ。

よくこの状況でそんな質問が出来るな、という目でマリウス隊長達が私の方を見る。

「特にねえよ。お前が国外追放された身で、おかしなガキってことぐらいしか」

顔をしかめながらヴィクターが答える。

ということは、私の情報は特に支配人に探られていないってことよね。それならいっそ、このまま不敬罪でもう一度あの闘技場に戻る？　もう少し、あそこのことも調べてみたかったのよね。

「おい、何を考えている？」

「王子は私の指なんか切れませんよ」

満面の笑みでそう言ってやった。

同時に思い切り足を背中の方に上げてマリウス隊長を蹴り飛ばす。そのまま机の上に足をのせて、立ち上がった。マリウス隊長はまともに顔に私の蹴りを食らって、ぐらついていた。

私とヴィクターの会話中、マリウス隊長の押さえる力が弱まっていくのが分かっていた。おかげで案外あっさりと抜け出せたわね。

「これはまた随分と柔らかい体だな」

ケイト様が私の方をまじまじと見ながら感心した。

私は座っているヴィクターを見下すように睨みつけた。予想外の行動だったのか、彼は目を丸くして私を見ている。

「王子が想像しているよりも私は強いので」

悪女っぽく口角を上げる。

女だとバレたんだもの、しっかり悪女をしないと！

『何かうるさいと思ったら、私が寝ている間になんでこんなことになってるのよ！』

突然妖精――キイの叫び声が聞こえてきた。私の横で彼女は羽をパタパタと動かしながら飛んでいる。

ごめんね、キイ。今は貴女に構っている暇はないの。だから、無視させてもらうわ。

「確かに俺はお前の強さなんぞ知らねえ。だから、教えてくれ。お前はどれくらい強いんだ？」

急にヴィクターの態度が改まる。さっきまでの殺気はどこにいったのよ。多重人格なの？

「お前の限界がどこまでか教えてくれ。これぱかりは直接本人に聞かないと分からないからな」

……もしかして、私、ヴィクターにはめられた？

私の力量を知りたくて、演技してたってこと？

ヴィクターがにやりと小さく笑うのを見逃さなかった。私は盛大にため息をつく。

どこの国の王子も、私より一枚上手なのね。

ご所望通り、実力を見せつけるべきなのかしら？

いや、でもここは謙虚に……って、悪女が謙虚になってどうするのよ。けど、魔法は皆

の前で披露しないほうがいいだろうし。

「何をそんなに迷っているんだ。お前が自分で強いと言ったんだろ」

「ふん……真の強さは見せびらかすものじゃないわ」

「どこぞの英雄の名言だ」

「英雄？　悪女じゃなくて？」

ヴィクターが眉間に皺を寄せて顔をしかめる。

「リア、お前何を言っているんだ？」

後ろで、マリウス隊長の声が聞こえた。今彼がどんな表情をしているのか容易に想像がつく。

「悪女は悪だくみが得意なのよ。だから、自分の力を全てさらけ出すなんて間抜けなことはしないの。説明させないで」

「……で、それがどうしたんだ？」

ヴィクターは怪訝な表情を浮かべたままだ。

もしかして、私の悪女らしさが伝わっていない？

そりゃ、悪女は自分から名乗るものでもないわ。あぁもう、ここにジルがいたら私の悪女っぷりを称賛してくれたはずなのに！

こんな時、私は悪女ですっていう自己紹介カードを首からぶら下げておけば、「あ、あの人は悪女なんだ！」って簡単に分かって便利なのにね。

「つまり、私は悪だくみを考えているということよ」

「悪だくみを考えている人間がわざわざご親切に教えてくれるとはなぁ」

再びヴィクターがニヤニヤし始めた。

よく表情がころころと変わる王子ね。デューク様と正反対だわ。

『さっきから、ずっと私のこと無視してる……。可哀想なキイ……』

横で明らかに落ち込んでいるキイが目に入る。心なしか、煌めきも減ったような気がする。

……妖精って繊細なのかしら。

「ごめんね、キイ。後でいっぱいお話ししましょ」

『…………アリシアのどこが悪女なの？　いまいち言っている意味が分からないんだけど』

キイは俯いていた顔を急に上げて、真顔で訊いてくる。

もはや、妖精にまでからかわれるようになってしまったわ。私の方が魔力は強いはずなのに……。

「で？　どんな悪だくみを考えているんだ？」

ヴィクターにもキイが見えているはずなのに、無視して私に話しかけてくる。

妖精の言葉が理解出来ないとはいえ、もう少しこの子にも気を配ったらどうかしら。

ヴィクターの方が余程悪だくみをしてそうな表情よ。

「それを話してしまっては、意味がないじゃないですか」

この場は余計なことを何も言わないで乗りきろう。

「確かにそれもそうだな」

ヴィクターはあっさり頷くと、小さく口の端を上げた。

その表情に悪寒が走る。何か嫌なことを言われる予感しかない。

「だったら常にお前を見張っておけばいい話だ。今日からお前は俺の部屋で寝ろ」

………は??

「脳みそ腐ったの？」

あ、声に出してしまったわ。

だって、急にとんでもないことを言い出すんだもの。この国の王子はどんな思考回路をしているのよ。

「失言だったかしら」

マリウス隊長達は慌てた様子で私を見たが、余裕ぶったまま言い放った。

悪女上級者は、こんなことで焦らないわ。

……というか、彼は自分の発言の意味を分かっているのかしら。いくら護衛だとしても女だと分かっていて同じ部屋で寝るなんて。

　もはや脳みそが腐ったんじゃなくて、脳みそがなくなったんじゃないかしら……。

「お前今すっごく失礼なこと考えているだろ」

「いえ、全く」

「ともかく、俺の部屋で寝ることは決定事項だからな」

「おっしゃってる意味がよく分からないのですが……」

　デューク様と一緒の部屋で寝ていたってことが学園内に広まった時も大変だったのに、今度はラヴァール国の王子ともって。…………ん？

　もしかして私、一国の王子をたぶらかす、とんでもない悪女になっているってことかしら。

　色々な男を誘惑している悪女⁉　いや、今誘惑されているのは私か。

「勘違いすんなよ、一種の監視だ」

「監視？」

「お前、本当に自分の立場を分かっていないだろ。お前はただの新人兵じゃない。要注意人物だってことを自覚しろ」

「え、私、そんな注目人物だったんですか？」

　まさか、私の知らないうちにそんな風に思われていたなんて。

「お前なぁ」

ヴィクターは盛大にため息をついて、頭を押さえている。

「お前の存在は危険そのものだろ。こんなガキ、そんなにごろごろいてたまるかよ」

危険そのもの……。なんて素敵な響きなのかしら！

これぞ私が求めていた悪女だわ。危険人物として認定されているなんて、ついに偉業を成し遂げた気分よ。

「リア、殿下は多分褒めてねえぞ」

マリウス隊長が後ろで小声で呟くのが聞こえた。

「この俺様が直々にお前のことを監視してやるんだよ。有難く思え」

上から目線なのが気に入らないけれど、監視役しかしたことないから、監視されるのって悪くないかもしれない。

だって、悪女は常に監視されているものだもの。

「私を見張ったところで何の成果も得られないと思いますけど」

「それはどうかな」

何よ、その挑発するような目は……。

というか、すでにヴィクターは私のことをそこそこ見抜いている気がするのだけれど。

「念のため忠告しますが、この先もし私が女だと世間にバレた場合、大変なのは王子ですよ？　王子の婚約者に殺されるなんて絶対に嫌ですから」

「安心しろ。婚約は全部断っている。どの女にも興味がない。まぁ、もしお前と変な噂になっても俺は別に困らないからな」

いや、そこは困って。

「私は困ります」

「好きな男でもいるのか？」

どうしてヴィクターはそんなに踏み込んできたがるのよ。

好きな人か……。デューク様の名前なんて出したら、戦争になりかねない。今はヴィクターに忠誠を誓っている身だもの。

「さぁ、どうでしょう」

私は誤魔化すようにして、小さく笑みを浮かべた。


ヴィクターの話をうまくはぐらかしつつ、ようやくお城に戻ることができた。

ここに滞在し始めてまだ日が浅いのに、随分と長くいるような気持ちになる。慣れって恐ろしいわね。

マリウス隊長達や、おじい様達、そしてヴィクターに挨拶をしてから小屋に早足で向かう。

ようやく遠征が終わった。肩の筋肉をほぐすようにして軽く回す。

死致林ではなんだかんだとヴィクターに助けられた……。守る側の自分がまさか守られるなんて、私もまだまだね。もっと鍛錬が必要だわ。

「ただいまライ～」

ライは私を見るなり、嬉しそうに飛びついてきた。黒くて柔らかく、美しい毛を優しく撫でる。彼は興奮した目で私を見た。

そんなに私が帰ってきたことが嬉しかったのかしら。やっぱり持つべきものはライオンね。

ゆっくりと目に巻いていた布を外す。

今日の仕事はもうこれで終わり。ぼやけていた視界が細部まではっきりと見える。

「ん～！　なんだか解放された気分！」

私は手を大きく上に伸ばして、そのまま地べたに寝ころんだ。ライが私の体に顔をすりすりとくっつけてくる。

温かくて心地いいわ……。なんだか安心する。自然と大きなあくびが出る。

「まだやらなきゃならないことがある気がするけど……今日は、もう……」

睡魔に抗えず、そのまま眠りについてしまった。


小さな窓から朝日が容赦なく入ってくる。その光で目が覚める。ま、眩しい。

私は目を細めながら起き上がる。いつもならすぐに動き出せるはずなのに、遠征の疲労がまだ抜けていないのか、体が重い。

「おはよう、ライ」

隣で気持ちよく眠っているライを撫でる。本当に素晴らしい毛並みね……。高級クッションみたいだわ。

すると、ガンッと勢いよく小屋の扉が開かれる。

それと同時に脆く建てつけられていた扉が壊れてしまった。

「いつまで寝てるんだ」

陽光を背後に受けたヴィクターが、仁王立ちで立っている。

「……きっと夢だわ」

私は朝から見たくないものを見た気分で視界から追い出し、もう一度寝る体勢に入ろうとする。

「夢じゃねえよ。もう十分休憩したろ。それから、お前は今日でこの小屋とはお別れだ」

「あの話、冗談じゃなかったんですか？　私、王子と一緒に寝たくないです。というか、壊した扉、ちゃんと直してください」

ヴィクターが扉を蹴って開けたせいで、とても無惨な姿になっている。

「お前、本当に変わってんな。普通なら泣いて喜ぶぞ。こんな小屋より俺の部屋の方がよっぽど寝心地がいい」

理解が出来ないというようにヴィクターが私を見る。

「普通じゃなくてすみません。けど、私は王子の部屋よりもこの小屋の方が休まるんです」

「理解出来ねえ……。まぁ、もうお前が何を言っても無駄だ。今朝までは小屋で寝させてやったんだ。もういいだろ」

私はため息をついて、自信満々なヴィクターに視線を向けた。

王子と同室の件だけは何としてもデューク様の耳に入れないでおこう……。

急いで目に布を巻いて、服装を整える。ライには毎日会いに来ることを約束して小屋を出た。

私の予想ではこのまま彼の部屋に連れていかれて、いかに彼の部屋の設備が素晴らしいかを熱弁される気がする。

ヴィクターは超俺様王子だもの。自慢は得意分野だろう。

……そうなる前に先手を打たないと。

「休暇を一日いただいてもいいでしょうか？」

「ガキの分際で生意気だな」

ヴィクターが即答する。

本当に恩知らずな王子ね。誰のおかげで王の証となる妖精を獲得出来たと思っているのよ。

いや、私は悪い女なの。これを盾に交渉出来るかもしれない。

「妖精の言葉が分かるのは私だけよ。私のお願いくらい聞いた方がいいんじゃないかしら？」

「じじい達も理解出来ることを忘れたのか？」

え⁉　そうだったの？　おじい様達も魔法を使えるから、聞こえていても不思議じゃないけれど……。

だからって、ヴィクターの私に対する理不尽な扱いは納得いかないわ！

「流石私の師匠達ですね。でも、キイは綺麗な部屋で大切にされているんですよね。なのにどうして私の扱いはこんなにも雑なんですか？」

「妖精は繊細なんだ。適当に接していいものじゃない。もしかしたら、消えてしまうかもしれないだろ」

「私も消えてしまうかもしれませんよ」

彼を横目で見ながら静かにそう言った。

私はこの先ずっとラヴァール国にいるわけではない。ある時、突然彼の前からいなくなる人間だ。

「妖精を手に入れることが王になるための条件だが、俺は妖精よりお前を失う方が……」

「失う方が？」

私に聞こえないような声で呟いたのかもしれないけど、実は私の耳はとても良いのよね。

私の問いにヴィクターは何も言わない。

おそらく妖精よりもヴィクターも私を失う方が痛手、不利益ってところかしら。

「王子は寂しがり屋なんですね」

私は声をわざと明るくして言った。ここはあえて煽りスタイルでいこう。

「ああ、そうかもな。お前がいなくなったらこの城は静かになりそうだ」

……ヴィクターが肯定した！　嘘でしょ⁉　あの俺様王子が！

それに、何よその辛気臭い表情。ヴィクターらしくないわ。

私はただ休暇が欲しいと言っただけなのに。どうしてこんな重たい空気になってるのよ。

「私がいなくなったところで、どうせすぐに慣れるわ。最初だけ違和感を覚えて、いつの間にかそれが当たり前になるのよ」

「もしそうだとしても、お前はとんでもなく巨大な爪痕を残していくことになるな」

「あら、光栄だわ」

「……お前、もう少し意識した方が良いぞ。話し方が貴族のそれだ」

ヴィクターはそう言って歩く速度を速めた。

しまった。貴族ってバレた？

私は混乱したまま急いで彼の後についていく。

やっぱりヴィクターの部屋に来るのよね。なんて大きくて立派な扉。

うわぁ、入りたくないわ。もう私がここで過ごすことが決まっているみたいじゃない。

……まぁ、実際そうなんだけど。

「あの、王子」

「何だ？」

ヴィクターはあからさまに不機嫌そうな顔を私に向ける。

「本当に一日だけでいいから休暇をください。過労死してしまいます！」

「お前は死なねえだろ」

「それは……否めません」

だけど、私はずっとこの王宮に潜んでいるわけにはいかないのよ。闘技場にもう一度行って、現状を把握しておきたい。それにこの国の街の様子も知りたいし……。

「どうしてそこまで休みが欲しいんだ？」

「体を休めたいからです」

「嘘つけ。ほぼ体力は復活しているじゃねえか」

「復活と休暇は別物です。一緒にしないでください。四の五の言わず、一日ぐらい自由をくれても良いじゃないですか！」

「お前は一番自由を与えちゃいけねえ奴だろ」

「そ、それは……」

王子の言いたいことが分からないわけじゃないけど、それにしてもなかなか辛辣。

「休んで何をしたいんだ？」

彼はどこか諦めた表情を浮かべる。

「えっと、少しだけ闘技場に行きたくて」

「だめだ」

「え、秒殺すぎない？　もう少し考えてくれても」

「却下。この話はなしだ」

なんて横柄なの。こんな性格なのに、どうしてモテるのかしら。皆、顔に騙されないでほしいわ。

「理由を教えてください」

私は出来るだけ怒りを鎮めるようにして食い下がる。

「今、あの闘技場で感染症が流行り始めたんだ」

ヴィクターは少し低い声でそう言った。

ラヴァール国で流行り始めた感染症……。

「もしかして、ドッテン病ですか？」

「ああ、そうだ」

「原因はやっぱりデイゴン川なんですか？」

昔、授業でジルが答えていた。斑点病――通称ドッテン病を治す薬はマディという花。けど、それが一年に数本しか採取出来ないから問題なのよね。全部上級貴族が持っていくんだもの。そりゃ、そう簡単に終息しないわ。

「詳しいな。デイゴン川にある菌が原因で間違いないだろうが、まだ確かな原因は分からない。お前はその情報、どこで手に入れたんだ？」

「少しだけ勉強していたので」

「少し、か。じゃあ、マディの存在も知っているのか？」

「はい。高い崖に咲く花ですよね？」

ヴィクターは目を逸らさず私の瞳をじっと見つめる。

「いいか、この国ではマディの存在は貴族しか知らないんだ。平民はドッテン病にかかれば死ぬと思っている。解毒薬などはなく、ただ隔離されて苦しむしかないんだ」

彼にはもう私が平民でないことは見抜かれている。

「……王子は私の正体をどこまで分かっているんですか？」

私の質問に彼は一呼吸おいてから答えた。

「ただのクソガキってことしか知らねえよ」

そんなわけないでしょ……。もしかして、気を遣ってる？

「俺がお前に興味があるとか思い上がるなよ」

前言撤回。この王子に気を遣うなんてことは不可能だわ。

「発言には気をつけます」

「ああ。変に他の奴らに目をつけられても面倒だからな」

そう言って彼は自分の部屋の扉を開けた。

さりげなく誘導されている。……けど、ずっと部屋の前で話をしているのも変よね。

私は彼に従い部屋の中へ入った。初めてヴィクターと会った部屋とは違う。

余計なものはなく、広い部屋にベッドがあるだけ。なんて存在感のあるベッドなのかしら……。

大きな窓ガラスからとてつもなく強い太陽光が差し込んでいた。

「今日からお前はここで寝ろ」

「この床のふかふか絨毯で十分です」

「普通の、平民ならこのベッドを見て大喜びだぞ」

やけに「普通の」だけを強調して言われたような気がする。

ここで生き抜くためなら徹底的に国外追放少年を演じないといけないってことかしら。

「ワー！　ナンテリッパ！　ゴージャスでビューティフル！」

私は両手を胸元に置きながら感動するようにして部屋を見渡す。

……自分でも引くぐらいの大根芝居だわ。こういう演技は苦手なのよね。

「目が死んでるぞ」

「布で見えないじゃないですか」

「それでも分かる」

あら、もしかして私同様、王子も目が良いのかしら。

「それにしても、案外すんなり受け入れているんだな」

「何がですか？」

王子の言葉が何を指しているかが分からず、私は首を傾げる。

どうして主語と目的語を入れずに話すのかしら。王子だからって何を言っても意思を汲み取ってもらえると思ったら大間違いよ。

「マディの存在を平民に知らせていないことを怒るかと思った。貴族だけが優遇されるべきじゃないって」

「……ラヴァール国は貧富の格差が大きいですよね？」

私の質問に王子が分かりやすく固まった。そんな彼から視線を外し、話を続ける。

「この国の貧富の差を直接確認していないから何とも言えないですけど、闘技場が開かれるくらいだもの。国外追放された身や罪人の命はないに等しい。それに、ラヴァール国は奴隷市場も存在しているって聞きましたけど……」

本で読んだ情報だけど、実際のところどうなのかしら？

「奴隷市場はほとんど潰したが、裏ルートでは残っているところもある」

ラヴァール国を知る情報屋としては王子が適任ね。私は内心にんまりした。

「商人の家なら裕福だしマディの存在を知れば大金を出して買うでしょう。けど、他の平民たちは？　階層というものは必ずピラミッド型……」

「ピラミッド？」

あ、そうだわ。ここは乙女ゲームの世界だもの。ピラミッドは存在しないわよね。

「人間の格差は三角形になっているってこと。権力や富を持つ一部の上級貴族に比べて、貧困層の数の方が圧倒的に多い。これればかりは覆ることは絶対にない。そう考えると、平民に変に希望を与えないのも一つの救い、かもしれないですね」

私の自論に彼が目を見開く。

あら、もしかして、私に聖女のような言葉を期待していたのかしら。悪いわね、私は根っからの悪女なの。

「そんな考え方をしたことはなかったな。……確かに、手に入れることが出来ないのに、希望を与えても苦しいだけだ。マディを手に入れようとして破産し、感染者一人のために一家が潰れる可能性も大いにある。今よりももっと最悪な事態が広がる」

「それ以外にも治安が悪化し、暴動が起これば王子の身の危険度も高くなります」

とかいいつつ、私は貴族優遇制度が好きではない。やっぱり実力主義が一番だわ。世襲制度なんてやめて、年に一度、貴族資格獲得みたいな試験を実施すればいいのに……。

勿論、貴族にも受けさせて、落ちた人間は貴族失格にすればいい。

でも、ここはラヴァール国だもの。変に口出しは出来ないわ。郷に入っては郷に従うしかない。

「ガキのくせに冴えてんな」

「ガキは余計です。がっかりしましたか？　微かな希望でも与えるべきだと、声を上げた方が良かったですか？」

そんなことは絶対に言わないけど。

「いや、薄っぺらい綺麗事を言うようなら、俺はお前に幻滅してたかもな」

ヴィクターはそう言って、小さく笑った。

笑った美形ってどうしてこうもキラキラしているのかしら。性格は置いておいて、容姿は完璧ね。

「知らないことも時に幸せなのよね。……まぁ、上に立つ者は誰もが嫌がることにも向き合い、解決しないといけないけれど。だから、貴族、王族だからって甘ったれてる人間は一度地獄を見ればいいのよ。何のためにその地位があるのかよく考えるべきだわ」

ヴィクターの部屋の窓から見える広大な景色を眺めながら、自分の思いを吐き出した。

王子の前で「王族は地獄を見ればいい」って言うなんて、もう私ったら最高の悪女ね！

「感染症を終息させたいですか？」

私はヴィクターの方を振り向きながら訊いてみる。

「当たり前だ。もうすでに多くの犠牲者が出ている。……何か解決策があるのか？」

「あるにはありますが、私がただで教えるとでも？」

交渉する時は少しでも相手より有利な立場に立っておきたい。

ヴィクターは顔をしかめる。

「何が望みなんだ？　宝石か？　金貨か？」

「王子って案外馬鹿なんですね」

「あぁん？」

ヴィクターは鋭い目を容赦なく私に向けてくる。

「さっきから休暇が欲しいって言っているじゃないですか。あと追加で、この国の第一王子に会わせてください」

私は満面の笑みでおねだりした。

ヴィクターからあそこまで毛嫌いされている第一王子ですもの。一度は会ってみたいじゃない。

どんなに第一王子の話を持ち出されるのが嫌だとしても、この条件は飲んでもらわないと……。

「本当に懲りない女だな。俺があいつのこと嫌いなのは百も承知だろ」

「交渉に私情を挟まないでください。メリット、デメリットを論理的に考えて行動するのは、王になるためにも必要では？」

私もよくヴィクターに煽られるもの。これくらいの仕返しはしてもいいわよね。

「はぁ。このクソガキの提案にのせられるぐらい俺も落ちぶれたのか」

「言い方！　私の方が上手だったってことですよ」

「納得いかねえけど、その条件を受け入れるしかなさそうだな」

「話が早くて助かります。あと、休暇は一週間に一回です」

「は⁉」

ヴィクターは目を見開いて声を上げる。

今までの私の働きを考えたら余裕で労働法ガン無視じゃない。週に一度の休みは必須よ。

それに遠征でボーナスをもらってもいいぐらいだわ。私がラヴァール国の現状を確認するために来たんじゃなかったら、訴えているわよ。

「ということで交渉成立ですね！」

「おい、おかしいだろ」

「何がですか？　私がここを脱走するよりましでしょ？　言っておくけど、脱走なんて朝飯前なんだから」

「脱走したら第一王子に会えない上に、あのじじい達の教育を受けられなくなるぞ」

確かに、それはそうだわ。何かと城暮らしは都合の良いものだし。

「けど、考えてみてください。私はドッテン病患者を全員救えるんですよ？」

「……その自信は一体どこから来るんだ」

「今まで必死に積みあげてきた日々が私に自信を与えてくれます。自信はいつか信念になり、信念は実現させるためのものです」

私はヴィクターを射貫くように見つめた。

「どうしてお前は他国のためにそこまでやるんだ？　英雄になりたいのか？」

「何を言っているんですか？」

私はヴィクターを馬鹿にするような目で見つめる。

「よく考えてみてください。私みたいな性悪が皆を救った後に彼らを利用しないわけないでしょ？」

「はぁ？　……いや、まぁ、とりあえず話を続けろ」

ヴィクターは私を理解することを諦めたようだ。

「元気になった彼らには、今より働いてもらって税を重くするのよ」

私は口角を上げて悪女の表情を作りながらそう言った。

「重税を課すのか？」

ヴィクターは私の提案が気に入らなかったらしく、眉間にグッと皺を寄せる。

「はい。私のおかげで助かったのならそれぐらいの報酬はいただいてもいいのでは？」

「反感を買うぞ」

「誰が誰の反感を買うのですか？」

「お前が国民からの反感を買うんだ」

「それがどうしたというのです？」

私は首を傾げた。

今の私、まさに悪魔のようだわ。これでこの国でも悪女として記録されたら最高に幸せよ。

「馬鹿と天才は紙一重か」

ヴィクターは呆れたように私を見る。

もちろん、絵にかいたような重い税を課して民を苦しませるつもりはない。けれど、しっかり生活できる範囲内でお金はもらうわ。破産されては意味がないもの。

「命が助かる希望を与えるんじゃなくて、命が助かる確証を与えるのよ？　相応の対価をもらうだけ。それの一体何が不満なの？　王子の面子が潰れるから？」

「ああ、そうだよ。金が欲しいのなら俺がいくらでもくれてやる」

「そうやってその場しのぎの解決策を提示しても国民は動かないのよ。私には私なりのやり方があるの。誰にも邪魔させないわ」

「……っ」

不穏な空気が漂う。

本当に今日からこの部屋で一緒に寝るのかしら。息が詰まって眠れないわ。

「お金さえあれば財政が潤い、国が良くなるなんて思わないことね。一番は国民がどう動くかよ。無償で助けるなんてことは教会がやってれば十分なの。すでに徴収している税じゃまかないきれないから税を重くするのよ。そうして国民を守るのが政治よ」

「今の税だけでは解決出来ないのか？」

ヴィクターの言葉に私は少し考える。

ラヴァール国の予算を完全に把握しているわけじゃないけど、多分無理なのよね。この世界には保険制度や社会福祉制度もないどころか、おそらく国家の予算はキツキツ。

貴族の無駄遣いを根本的に解決しないといけないところからなんだけど……貴族には一度大きな打撃を与えるべきなのよ。細々と時間をかけて解決していくより、未来のことを考えたら私の計画の方が断然効率がいいはずだわ。

「何を企んでいるのか分からないがやめておいた方がいい」

「どうしてですか？」

「国民を敵に回すことはしたくない」

「逃げるの？」

ヴィクターは私の挑発に片眉をピクッと動かす。

王子みたいな性格の人は「逃げる」という行動が大嫌いなはず。

「言っておきますけど、この対策で国民を敵に回すのは王子ではなく私です。王子の部下が金に目がくらんだとでも公表してくれて構いません。どうぞ王子は存分に被害者になってください」

気分を害したのか、王子は苛立ちを露わにする。

「自分が何を言ってるのか分かっているのか？」

「勿論よ」

私はウィリアムズ・アリシアになってから、自分がどういう立場で何をすべきなのか一番分かっているわ。

「そもそも王子に最初から拒否権なんてないんですよ。だって国民の命がかかっているんだもの」

「俺を脅しているのか？」

「はい」

私は笑顔を作りながら答える。

誰か最新のビデオカメラで今の私を撮ってくれないかしら。ラヴァール国第二王子を脅している女！　なんて見出しでニュースになればいいのに……。

「どうやって助けるんだ？」

ヴィクターは少し落ち着いた調子でそう聞いた。

「あら、話に乗ってくれるの？」

「とりあえず、お前の話を聞くだけだ」

不服そうな表情を浮かべながらヴィクターは私を睨む。

「簡単よ。マディを一つ手に入れて、それを魔法で複製するだけ」

「……魔法を使うってところで簡単じゃねえんだけどな」

「私なら出来るわ」

ヴィクターの苦笑いに私は自信満々に答える。

闇魔法特有の魔法だから、おそらくおじい様にも出来るけれど……。

「マディ自体、簡単に手に入るものじゃないぞ。高い崖の上に咲く、と言われているが、その崖の危険度を知らないだろう？」

「どれくらい危険なの？」

「死致林より危険だって言ったらどうする？」

ヴィクターは試すような視線を私に向ける。

そんなのわくわくするに決まっているじゃない！　悪女は常に危険と隣り合わせじゃないと！

「……………どうしてそこで目を輝かせるんだよ」

彼は私の様子を見て、若干引いている。

失礼ね。向上心があるって褒めてほしいわ。

「何か勘違いしているようだが、マディは貴族のなかでもとんでもない高値で取引される。年に数本咲くが、採取できるのは一本未満だと思った方がいい」

「つまり、数年に一つぐらいしか手に入らないってこと？」

「ああ、そういうことだ。貴族も多くの命を落としているんだ」

苦虫を噛み潰したような顔をしながら、彼はそう発した。

「まだ今年の分は採取していないの？」

「ああ。だが、魔法が使えるからって思い上がるなよ。たとえお前でもマディを取りにあの崖に行けば命を落とすかもしれない。誰かを助けるために自分が死んじまったら意味ないだろ」

「……心配してくれてるの？」

「んなわけねえだろ！　どうして俺がお前の心配なんかしないといけねえんだよ」

ヴィクターは突然口調を荒らげた。

そんなに怒らなくても……多分、ヴィクターのことだから本心は心配してくれてるんだろうけど、それを私に悟られるのが不本意、ってところかしら。

まだヴィクターと出会って日の浅い私でもそれぐらいは分かる。

「お気遣い、有難うございます」

私は丁寧にお辞儀をして、部屋を出ようとした。

「待て、どこに行くんだ？」

「どこって……。休暇をもらったので、その分有意義に使おうかと」

あら？　もしかして、交渉不成立だった？　私のなかで勝手に成立してしまっていたわ。

「お前の条件は飲んでやる。だから、マディの採取だけは他の奴らに任せろ」

ヴィクターは真剣だった。

どうしてそこまで私にマディを取りに行かせたくないのかしら。

「あの私、自分の実力には結構自信があるんです」

「あ？」

だからどうしてそこで不機嫌になるのよ。ヴィクターって本当に気分屋だわ。

「魔法が使えるからって自惚れているわけじゃない。自信が持てるくらい鍛錬してきたのだもの」

「……それぐらいお前を見てれば嫌でも分かる。俺はただ……、とにかくあそこは危険なんだ。ドッテン病で人が死ぬのと変わらないくらい、マディを手に入れようとしてあっさりと人が死ぬ」

「崖に何があるんですか？」

「巨大な猛獣、猛毒を持つ花や虫、不安定な足場、一瞬でも油断すれば死ぬ」

彼は声を低くした。

死致林っていう名前が見事に霞むじゃない。あの林の方が全然生きて帰ってこられるってことよね？

「私なら大丈夫。覚悟は出来ています」

決意を固めた私の眼差しに、彼は諦めたように呟いた。

「……はぁ。そんな目を向けられたら何も言い返せないな」

やったわ！　これであの厄介な感染症を防ぐことが出来る！　まだ喜ぶのは早いけれど。

でも、必ずマディをに入れてみせる。

「ただし、マディを取りに行く時は俺も行く」

……………え？　なんて？

今の言葉を発したのってヴィクターよね？　ヴィクターにそっくりな声の兵士とかじゃないわよね？

「空耳かしら」

私は耳を軽く叩く。

耳は良いはずだと思っていたのに、ついに幻聴が聞こえてしまったのかしら。

「俺もお前と行く」

ヴィクターは私を指差しながら確実にそう言った。

「はあ⁉」

「なんだその反応は。もっと喜べ。俺がついていってやるんだ」

この王子は自分が言っている意味をちゃんと理解しているのかしら。幼稚園に子どもを連れていく保護者感覚で話さないでほしいわ。

「えっと、危ない場所なんですよね？」

「ああ。とんでもなく」

「貴方（あなた）はラヴァール国の第二王子で間違いないですよね？」

「ああ。……何が言いたい？」

彼は私の質問に顔をしかめる。

顔をしかめたいのは私の方よ。どうして命を懸（か）けたマディ採取の旅に一国の王子がついてくるのよ！

「何の得にもなりませんよ？」

ヴィクターは自分の利益になることでしか動かないはずだ。

「私を利用した方が効率良くないですか？」

私の言っていること、正しいわよね？

それなのに……、どうしてこんなにも睨まれないといけないの⁉

「お前を監視すると言っただろ。これ以上の質問は禁止だ」

無理やりヴィクターは話を終わらせる。

まだ納得出来ないけれど、彼がそう言うのなら仕方がないわね。

監視ってだけで命を懸けて部下についてくるって、私、あまりにも信用されていないのかしら。それともただの心配？　……多分、前者よね。

「分かりました。……ともに気をつけましょう！」

こういう時ってなんて答えるべきなのか分からない。

「この国の頭脳三人衆に会いに行ってくるので、今から監視しなくても大丈夫です」

私はそれだけ言い残し、ようやくその場を後にした。

ああ！　ついに解放されたわ！

ヴィクターって案外寂しがり屋なのかしら。というか、これからいちいち何をするにしても伝えないといけないのかしら。…………めんどくさッ!!

もしかしたら、私はとても厄介な王子に捕まってしまったのかもしれない。

私はピカピカに磨かれた廊下を歩きながら、そんなことを考えた。

「そろそろ来るかと思っていたところだよ」

おじい様達のいる部屋に入るなり、ケイト様はそう言って出迎えてくれた。

そんなにこやかな笑顔で言われても、正直どうして分かったのか恐怖だわ。

魔法を使ったわけでもなさそうだし、これが長年培ってきた勘の鋭さなのかしら。私も見習わないと！

おじい様とマーク様は奥でチェスをしている。

「私の勝ちだな」

おじい様が淡々と呟き、それと同時にマーク様がキングと思われる駒をカタンッと倒す。

今のやり取りだけで映画のワンシーンが作れそうだわ。それぐらいオーラが半端ない。

「あの、色々と私に教えてください」

「色々って？」

ケイト様が試すような目で私を見つめる。

彼らは私が魔法を使えることは、ヴィクターから聞いているということでいいのかしら……。

おじい様と目が合う。

そう言えばあの日、私はどうやって助かったのかしら。

死致林の湖から出てきた時、おじい様が側に来てから体が楽になった気がする。だけど、治癒魔法を使われた記憶はない。状況的に考えられるのは、魔力を与えられたということ。

「どうしてそんなに悩む必要があるんだ？　私らの知識を伝授してほしいのだろう？」

「ええ！　そうです！　よろしくお願いします！」

私の正体についてはまた話す機会もあるか……今はこの時間を大事にしよう。

私は勢いよく頭を下げた。

そこから日が暮れるまで彼らにたくさんのことを教わった。

食べることも忘れて、私はおじい様達の話に聞き入った。それぞれ違う価値観や考え方を持っているけれど、共通して言えるのは全員がこの世の安泰を願っているということ。話を聞けば聞くほど考えさせられて、色々な意見が出てきた。

ウィルおじいさんと初めて出会った時のことを思い出す。こんなに賢い人がいるのかと衝撃的だったけれど、世界はもっと広かった。

この三人を手放したデュルキス国はなんて馬鹿なのかしら。

「随分と頭の回転が速いお嬢ちゃんじゃないか」

疲れて眠ってしまったアリシアに柔らかいブランケットをかけながらケイトは呟いた。

「それにしても、この歳でこの子はとんでもない経験をしているな。……アルベール、お前もそう思うだろう？」

ケイトがアルベールの方に視線を向ける。

彼は何も言わずにただアリシアを見つめている。そっと彼女の髪に触れて、撫でた。

「そんな目もするんだな」

マークがアルベールを見ながら少し驚いた様子でそう言った。

気難しい表情をよく見ている彼らにとっては、アリシアを見つめるアルベールの瞳が新鮮だったのだろう。

「一体どうしてこんなところに来てしまったんだ？」

アルベールはアリシアを見つめながら呟く。

「国外追放なんてものはよっぽどのことをしない限りならない。それも五大貴族の令嬢……。今のデュルキス国はどうなっているんだ」

ケイトの言葉にマークとアルベールも考える。

彼らのなかで自分達がアリシアの正体を知っているということは言わないと決めたが、アリシアには聞きたいことが多すぎる。

「あの国は聡い人材を国外追放するのが好きだな」

言いながらケイトは苦笑する。

「この子は努力することを少しも苦に思わないあたりがお前に似ているな」

マークはアルベールの方を向いてそう言った。

「いや、私と彼女は大きく違う。ある程度賢くなった時に、努力というものは怠ってしまうものだ。だが、彼女はいくら学んでも限界という言葉を知らない。昨日より今日、そして現在とはるか遠い未来を見据えて、決して驕ることなく精進しているんだ。私にはそれは出来なかった」

「……上を目指し続けられる人間なんてそういないさ。彼女が特別なんだ」

アルベールの言葉にマークはそう答える。

彼らは暫くアリシアを眺めた後、アルベールがアリシアを起こさないようにそっと抱いてヴィクターの部屋へと運んでいった。

現在十二歳　ジル

「俺の顔に何かついているか？」

デュークの言葉でハッと我に返る。

昨日のアーノルドとジョアンの会話を聞いてから薔薇の話が頭から離れず、知らない間にデュークのことをじっと見ていたようだ。

「ううん、なんでも」

不思議そうな表情を浮かべながら僕を見るデュークに、すぐさまそう答えた。

「もしかして、デュークに惚れちゃったの〜？」

メルがニヤニヤしながら茶化すように僕の方を見る。

黙ったまま彼女を睨むと、メルは「うわぁ、こんな可愛い女の子にそんな表情する⁉」と文句を発したが無視だ。

旧図書室で僕らはキャザー・リズの動向について話し合っていた。僕が彼女と話した内容は皆には言っていない。

話してもいいのだろうけど、彼女の恋心や嫉妬心を他人に言うのは違う気がする。

「今日のリズ、超鬱陶しかったよね‼」

メルがどこから取り出したか分からない棒キャンディーを舐めながらそう言った。

「何かあったのか？」

「デュークに近づこうと必死なの！　こっちは嫌がってるんだから察しろって！」

ヘンリの問いにメルが即答する。

メルは仮にも貴族なのに一体どこでそんな言葉遣いを覚えたんだろう。

「具体的に何されたの？」

僕はデュークに視線を向けて聞いた。デュークはキャザー・リズの行動に相当参っているのか、眉間に皺を寄せながら答える。

「なんだか前よりも酷くなっているんだ。四六時中俺に話しかけてくるし、何度断っても二人でランチしようって誘われるし、あとは……レベル１００に到達した者が受ける特別授業の時が一番疲れる」

不思議だ。見方を変えれば失恋しても挫けない前向きな子と見られてもいいはずなのに、キャザー・リズってだけでこんなに鬱陶しく感じられるとは……。

「空回りだなぁ」

ヘンリが苦笑しながら呟く。

「それにリズは周りを固めてくるの！」

「どういうこと？」

「皆もリズの恋を応援したいのか、デュークにリズはいかにいい子で凄い人物なのかってことを言ってくるんだ。今日だけでかなりの人数がデュークの所に寄ってきたぞ」

メルの代わりにヘンリが答えてくれた。

「なにそれ、超迷惑じゃん」

「リズ様はとっても慈悲深くて～、考え方も聡明で～、外見だけでなく心もとっても美しくて～、彼女に何度救われたことかッ！」

メルはリズ信者達の言動を再現する。

うわぁ、なんて分かりやすいモノマネなんだろう。一瞬で状況が想像出来る。

「表面だけの薄っぺらい信念なんて願い下げだよッ！　ね!!」

メルは強い眼差しで僕に同意を求めてきた。その迫力に負けて大きく頷く。

「毎日あれが続くと思うと地獄だな」

ヘンリはデュークの気持ちを察するかのように言った。

デュークと共に旧図書室を出たが、確かにデュークに迫ってくる生徒達の勢いが凄い。

前までデュークのことを怖がっていたはずの生徒達まで彼に声を掛けてくる。

どれも内容は同じだ。キャザー・リズを褒め称えるものばかり。

もしかして、キャザー・リズの恋の情熱と共に魔力が強まってる？

「あの、殿下。私はアリシア様推しです！」

ある女子生徒がデュークに向かって唐突にそれだけ言うと、駆け足で僕らの前から去っていった。

隠れアリシアファンというものが存在するのは知っていたが、面と向かって言ってきたのは初めてだ。

明日から虐められたりしないかな、あの子。まぁ、アリシアが好きなら強く生きていけるだろう。

……いや、アリシアが特殊だから一緒にしない方がいいか。

「珍しいこともあるんだねぇ」

メルは目を見開きながらさっきの女子生徒の背中を見つめている。

「残念なことに俺の妹好きは少数派だけどな」

「肝心の兄弟がリズ派だもんね」

僕の言葉にヘンリは少し考えた後、言葉を発した。

「アランは放っておいて、アル兄は今やアリ派だぞ？　もともと賢い人だから、自分の過ちに気付いたんだろう。俺にも謝ってきたよ。まさかアル兄に頭を下げられるとはなぁ」

「本当に改心したんだね。……残りは一人だけか」

「アランは難しいだろうな。双子の俺が言うんだから間違いない」

ヘンリは僕の方にびしっと親指を立てる。

「そんな自信満々に言われても……」

「だからさ、アランで試してみたらよくないか？」

「何を？」

「誘惑の魔法を解く方法を、アランで人体実験するんだ」

誰もがヘンリの言葉に目を丸くした。

なかなかとんでもないことを言うな。このメンバーのなかで一番常識人ぽいのはヘンリなのに……。

これじゃあ、唯一まともな人間は僕だけになっちゃうじゃないか。

「具体的には!!　どんなことするのッ！」

メルは食い気味にヘンリの方に顔を近づける。

「まずはアランを捕まえて監禁でもするか」

デューク、それ犯罪だから。

「アリシアが二年間暮らしたあの小屋でいいか。いや、もっと目立たない場所にするか？」

ヘンリも真顔で答えるのやめて⁉

「え〜、いっそのこと牢屋でいいのに！　今までアリアリにしたこと考えたらそれぐらいが妥当じゃない？」

「それもいいかもな」

兄弟なんだから、そこは止めてあげようよ。……てか、どうして僕がアランの味方してるんだ。

せめてデュークはまともな判断してくれるよね？

僕は期待を込めてデュークに視線を向ける。

「じゃあ、俺の家の地下牢を使うか」

こっちも異常だった！

「いいねいいね！　あそこだと誰にも邪魔されないし！」

メルの明るい声が耳に響く。

……皆、めちゃめちゃ楽しそうだな。まず、貴族を攫って人体実験するって、普通に犯罪だからね。


「アラン、少し話出来るか？」

屋敷の廊下でヘンリがアランに声を掛ける。

……まさか本当に実行するとは。

道徳に反しているような気もするけど、王子がいいって言うならいっか。

双子の彼らが話しているところをあまり見てこなかったが、僕らのなかでアランを呼び出すのに一番適している人材はヘンリだ。

軋轢はありつつも双子水入らずで話し合いたいと言えば、アランが警戒してくることもないだろう。

僕はこっそりと彼らの様子を窺う。アランの背中とヘンリの顔が見える。

ヘンリと目が合う。僕に気付き、ウインクを向ける。

……緊張感なさすぎだろ。

まぁ、怪しまれるくらいならこれぐらい弛んでいる方がいいのか？

「一体何の話だ？」

アランがヘンリを疑っている様子はない。

「今、お前の魔法レベルはどれくらいなんだ？」

「52だけど」

ヘンリの問いにアランは即答する。

52？　低くない⁉

いや、十八歳だったらそれぐらい？

アリシアは今十五、じゃなくて、向こうで誕生日を迎えたはずだから十六歳。レベル91。

デュークは二十歳でレベル100。……やっぱり僕の周りがおかしいんだよね？

平均が分からない!!

メルの魔法レベルは知らないけど、五大魔法の一つじゃないからそんなに高くなかったような気もする。

ただ、僕の周りで平均をとるなら、多分アランは劣等生だろう。

「そういうヘンリは？」

「68」

「双子だけど、全然違うな」

アランは皮肉のつもりか、笑いながらそう言った。

「昔からお前の方が先を歩いていた」

「そうだっけ？」

アランの言葉にヘンリは小さく首を傾げた。

後ろにいる者ほど前にいる人間のことが分かる。先を歩んでいる人間は後ろの者など見向きもしないから。

ロアナ村出身で、今学園に通えている僕だからこそ理解出来る。アランの気持ちも、リズの気持ちも。

ヘンリやデューク、アリシアにも彼らの気持ちは分からないんだろうな。

余裕がある人は誰かを僻んだりしないし。……って理解は出来るけど、僕は絶対彼らの味方にはならない。

「魔法も学力も常にお前の方が上だった。アリシアがまだ小さい頃、エリックとヘンリで街の植物屋に連れて行ったことがあるだろう？　あの時、俺は出来が悪くて家庭教師に特別授業をやらされていたんだ」

「そう言えば、そんなこともあったような」

「まぁ、覚えていなくて当然だよな」

「双子って面倒くさいよな。アル兄と比べられるのとはわけが違う」

ヘンリが自嘲気味に言う。

あれ？　なんか話が真面目な方に向かってない？

何がアランに天気の様子でも聞いて呼び出す、だよ。

「比べられたところでヘンリは気にもしてないもんな。……どうせ俺のこと馬鹿にしてたんだろ」

なんだかアランを見ているとアリシアと出会う前の僕を思い出す。

「馬鹿にしたことなんて一度もねえよ」

「………だから、腹が立つんだよ。出来が良くて、良い奴で、ヘンリといると俺は自分が情けなくなる。惨めなんだ」

アランの声がだんだん弱くなっていく。

人と比べられて成長する人間もいれば、卑屈になる人間もいる。双子だからって同じ性格とは限らないってわけか。

「ようやく本音が聞けたな。ある時期からお互いずっと避けてきたから、アランが俺をどう思っているのか分からなかったんだ」

「どうせヘンリは俺のこと嫌いだろ？」

「なんで？」

「なんでって……。俺とヘンリじゃ考え方が全く違う。なのに周りからよく俺らは一緒にされて」

「リズの『アランはアランよ』、って言葉で救われたのか？」

被せるようにヘンリがアランに訊く。

そういや、昔ヘンリがそんなこと自分で気付けって言っていたな……。

「ああ。彼女の言葉が全てだった。俺が今まで抱えていたものが消えたような気がしたんだ。彼女の言葉も俺に向けてくれる笑顔も全て特別で。だから俺は、リズを守れるならなんだってする」

アランは力強い声を発する。

彼の心を救っただけならただ「良かったね」と言って終われるんだけど、僕らに害をもたらしてるからなぁ……。

「だが一人の兄として妹を守るのも……」

「アリシアは度が過ぎた！」

今度はヘンリの言葉にアランが被せる。その荒い声は廊下に響き渡ってよく聞こえた。

うわぁ、アランの脳内にはもはやリズのことしかないのか……。

「俺もアリを守ろうとずっと思ってきた。可愛い妹だ。なのにリズに対してあんな態度……」

「まぁ、惚れた女を守るのは仕方ない。ただ……昔、アリにアランのことを憎まないのか、と聞いたことがある。そしたら、彼女は笑顔でこう言ったんだ。『たとえ、お兄様が私のことを殺したいぐらい嫌いでも、私がお兄様を嫌いになることはないわ』って。皮肉でも何でもない、彼女の本心だ」

ヘンリの言葉にアランが固まる。

「な、んで。俺はアリに酷いこと……」

声の震えでアランが動揺しているのが分かる。

……もしかしてさ、これ牢屋に入れなくとも洗脳が解けるんじゃ。

いやいや、そもそも人体実験するって言ったのはヘンリだ。今洗脳を解いてしまったら意味がない。

僕はもう少し二人の様子を見守ることにした。

「アリシア側とかリズ側とかそんなくだらない派閥関係なしに答えてくれ。アラン、お前はアリシアに救われたことは一度もなかったのか？」

ヘンリは真っすぐアランの目を見る。

だが、その問いにアランは黙ってしまった。

……アリシアに救われたことがあったとしても、それがリズの誘惑の魔法によってかき消されている可能性もある。

正直なところ、アリシアは心が広くて優しいから、自分を厭うアランを嫌いになることはないって言ったわけではないと思う。

兄弟に嫌われて、殺されそうになったとしても、彼女は「お兄様にこんな憎悪を向けられるなんて、私ったら成長したわね！」とか思うに違いない。

最初は何を言っているのか分からなかったけど、僕もだいぶ彼女のことが分かってきた。

相当なマゾなのかと思ったけど、そうではない。ただ彼女は、理想とする自分（それが悪女ということらしいけど）になろうと必死なだけだ。

ん？　そう思ったら、僕達はとんでもなく余計なことをしているような気が……。

洗脳を解いたら、アリシアにとっては今までの努力が水の泡になるのと一緒だ。しかも、僕は共犯だ。逃れようがない。

……どうしよう‼

アルバートだけじゃなくて、アランまでアリシアを理解するようになったらまずいんじゃ。いや、でももう遅いよね。

「アリシアは……」

アランの声が震えているのが分かる。

「家にいれば、嫌でも彼女が日々絶え間なく努力しているのが分かった……。小屋に二年間籠もっている時も、侍女達がこまめに本を持っていく姿を目撃してたからな。あと、あの小屋から時々感じたとんでもない魔力。……認めたくなかった。リズと対立しているアリシアが努力家なんて」

ヘンリは黙ってアランの話を聞いている。アランは全てを吐き出すように話を続けた。

「毎朝誰よりも早く起きて剣の素振りをしている姿や、図書室で夜遅くまで勉強している姿を信じたくなかったんだ。最低な兄なのは分かってる。……けど、そんな彼女を見てますます自分が恥ずかしくなって――リズに依存してしまったのかもしれない」

「分からなくもない。俺もアリシアを見ていると自分が情けなくなるよ」

ヘンリがアランに同調する。

僕もその点に関しては理解出来る。アリシアといると、自分のちっぽけさが身に染みる。

「たまたまアリと家の廊下ですれ違った時に訊かれたんだ。ラヴァール国の穀物が突然全滅した日があるのですが何が起こったのかアランお兄様はわかりますか、と。藪から棒になんだと思って相手にしなかったけれど、まさかアリシアがラヴァール国について調べているとは思わなかったんだ。しかもその全滅した日というのが、リズの生まれた日だったってこともあって、俺に嫌味を言ってきたのだろうと……」

どうしてアリシアはよりによってアランに聞いたんだ。

いや、でも分からないことがあれば兄に聞くのは普通のことか。

「リズの生まれた日にそんなことがあったのか……」

ヘンリは思案顔だ。

「本当かどうかは分からない。アリシアがそう問いかけてきただけだ。俺もそんな情報、聞いたことなかったし。だから、リズが不吉な存在だって言いたいだけなのかと……」

聖女が生まれたから、他国に膨大な被害が生じた、ってとこかな。そうなると、デュルキス国には繁栄をもたらすけれど、他国には損害を与えるってこと？　それじゃあ聖女って一体何なんだ？

「調べてみる」

ヘンリが即答する。

え、ちょっと待って。僕達の本来の目的はアランを拉致することじゃなかった⁉

「俺も調べてみる」

まさかのアランに僕もヘンリも目を丸くした。

「真実が何なのか、俺は知らないといけない」

もしかして、もう洗脳が解けたの⁉　こんなにあっさり？

魔力の強い五大貴族なら、洗脳が解けるのも簡単なのかな。

「……その上でリズが正しいということを証明したい」

全然解けてなかった！

人体実験の人選は間違ってなかったみたい。リズの魔力はやっぱり強力だな。

ヘンリが僕の方を見て、「だめだこりゃ」と表情で語る。

なんだろう。もっと深刻になった方が良いのに、ヘンリといると気が抜ける。

『早くして』

僕は彼に向かって大きく口パクをする。

「よし！　アラン、一緒に情報を探そう！」

言いながらヘンリは思い切りアランの首に手を回した。と同時にアランから力が抜けるのが分かる。ぶらんと手が下がった。

……死んだ？　実験する前に殺しちゃったの？

ヘンリはアランの両腕を自分の首に回して僕の方にゆっくり近づいてくる。死体を背に担ぐ殺人犯にしか見えないんだけど。

「えっと、生きてるよね？」

「当たり前だろ。強力な睡眠薬を針で打っただけだ」

言われてみれば、アランはヘンリの背中でスースーと寝息を立てながら気持ち良さそうに眠っている。

「良かった。……ん？　良かったのか？」

本当に誘拐する時の手口じゃん。

「アランを無事に確保したし、いいだろ」

無事とは……。この家の人間は色々言葉の定義がおかしいんじゃないのか。

「天気の話をするんじゃなかったの？」

「あ、そう言えばそうだった。アラン、今日の天気はどうだ？　とっても素晴らしい天気だな！」

「めちゃくちゃ曇りだよ」

僕は窓の外を眺めながら呟く。眠っている相手に訊いたところで、もう無意味だし。

「で、どうするの？　これ」

メルは縄でベッドに拘束されたアランを指さしながら冷たく言った。

本当にリズ派の人間に対しては容赦ないな。

アランを捕まえた後、僕達はヘンリの手配した馬車で屋敷を抜け出し、デューク達と合流した。そして、誰にも見つからないように裏口を使い、今はデュークの家、つまり王宮にある隠し部屋にいる。

メルは本気で地下牢に閉じ込めたかったみたいだけど、流石に可哀想だからと僕とデュークが止めた。

僕はアランの方に視線を移す。

当たり前に美形だ。骨格が少しだけアリシアに似ている気がする。やっぱり血は繋がっているんだな。

「全然起きないね。あれからもう十時間は経過しているのに？」

「もう少し軽い睡眠薬にすれば良かったな」

いやいやヘンリさん、最初は睡眠薬なしで捕まえる予定だったよね？

口には出さず心の中でツッコミを入れておく。いちいち突っ込んでいたらきりがない。

「起こすか」

デュークがそう呟いて、指をパチンッと鳴らす。

それと同時にアランの頭にバケツ一杯分の水が落ちてきた。

流石水魔法の使い手!! ……って感心してる場合じゃない。随分荒っぽい起こし方だな。

「ん、んん」

アランがゆっくりと目を開ける。

僕達は誘拐犯なので、アランには助けを呼ばせないよう猿轡をかませ、椅子に体を固定している。

無理やり起こされたアランはしばしぼうっとしていたが、デュークの姿を認めると驚きに目を見開いた。

「あ! 目覚ました! おはよ～～」

明るい声でメルはアランを見ながら手を振る。

身動きのできないアランは何をされるか分からないという恐怖で体を震わせる。

「大丈夫、危害は加えないよ」

僕はアランの警戒心を解こうと声を掛ける。

「え、加えないの?」

「加えるつもりだったの?」

メルが嘘でしょ!? とでも言いたげに僕の方を見たが、本当にこの子は過激派なんだよなぁ。

「ん！　んんん‼」

アランが一生懸命叫んでいるが、ごめんね、何を言っているのか全く分からない。

「なるほど！　アリアリが大好きだって叫んでるんだね！」

メルが目をキラキラさせながら都合良く通訳した。

アランがデュークの方を見ながら必死に訴える。

「んん！　んんんん！」

「ヘンリ、布を外してやれ」

デュークの言葉にヘンリは従う。

「声が漏れるんじゃ……」

「魔法でこの部屋に防音を施した」

デュークは僕の小さな呟きに答えてくれた。

「じゃあ、なんでわざわざ布を巻いたりしたの？」

「その方が恐怖心を刺激できるだろ」

デュークがにやりと口の端を上げる。

……うわぁ、やっぱりデュークだけは敵に回したくない。

現在十六歳　ウィリアムズ家長女　アリシア

「な、んで？」

目を開けると、目の前にはヴィクターの寝顔があった。

……私、おじい様達と会った後、彼の部屋に戻った覚えがないんだけど。

柔らかい高級ベッドに横になりながら朝から頭をフル回転させる。ヴィクターの長い睫毛が陽光に照らされ、下瞼に影が出来ていた。

ほんと、嫌味なくらい顔だけはいいのよね。

「何じろじろ見てるんだ」

ガン見していると、ヴィクターが目を擦りながら口を開いた。

「え？　起きてるの？」

「そりゃ、そんな熱い視線を感じたら嫌でも起きるだろ」

彼は鬱陶しそうに瞼を開ける。黄緑色の瞳が朝から眩しい。

…………なんだか私、いろんな王子をたぶらかしてる悪女みたいじゃない？

というか、今日から訓練再開!!　遅刻したら、また腕立て伏せをさせられるかもしれないわ。

私は勢いよく起き上がり、ベッドから離れる。ヴィクターはそんな私の様子を不思議そうに見つめた。

「どこに行くんだ？」

「訓練です」

「……本当にお前は自分を甘やかさないな」

感心した口調でヴィクターは呟く。

甘やかさないって……これって当たり前じゃないのかしら。一日でも訓練を怠るわけにはいかないもの。私の理想が遠ざかるだけだわ。

「だらだらしていても何も身につかないので」

私はヴィクターに笑顔を向けた後、軽くお辞儀をしてその場から去った。

部屋を出て小さくため息をつく。

昨日どうやってあの部屋に行ったのか分からないけれど、きっとおじい様達の仕業よね？

これからは彼らの前で寝落ちしないでおこう。また知らぬ間にヴィクターの部屋に連れていかれてはたまらない。

おじい様達は私の正体を知らないから、一緒の部屋で寝かせても構わないって思ってるのよね……。

もっと気を引き締めないと。マディ採取の旅のこともあるんだから。

私はそんなことを思いながら訓練場へと急ぎ足で向かった。


「あと数秒で遅刻だったぞ」

到着したのと同時にマリウス隊長が私を見下ろしながら言った。

階段を使わないで、二階から飛び降りて正解だったわ。

「次からは余裕を持って行動します」

「いい心がけだ」

マリウス隊長はそれだけ言うと、私達に筋トレを命じる。まずはうつ伏せで、手から肘を地面につけて体幹を鍛える。

お腹に力を入れて、腹筋を意識し、グラグラとふらつかないように集中した。

軍隊は誰か一人でも怠惰な者がいると士気が下がる。マリウス隊長はそれが嫌いだ。

……皆最初は私のことを警戒していたのに、今じゃベストフレンド並みの距離感だわ。

遠征から生きて帰れないと思われていたのか、帰ってきてから隊長達を含め、やたらと話しかけられるようになった。色々考えたいから静かにしてほしいのに……。

昼食のサンドイッチを頰張りながら、私は喋りかけてくる人達を無視する。

「おチビは一体どこでそんな戦闘能力を身につけたんだ？」

「なぁ、どうやってあの死致林(しちりん)で生き残れたんだ？」

「師匠(ししょう)とかいるのか？　良ければその方の名前を教えてほしい！」

「チビ～！　何でもいいから教えてくれ！」

誰もリアって名前を呼ばない。絶対に答えてあげないわ！

「頼(たの)む！　師匠の名前だけでも教えてくれ！　リア様！」

あら、ようやく名前を呼んだわね。

「僕に師匠なんていないよ」

私はサンドイッチをまた口に入れる。

あ、これハムサンドだわ。なんて美味(おい)しいのかしら。この城のシェフは超(ちょう)一流ね。

「自己流でここまで研鑽(けんさん)を積んだのか？」

「こんな小さな体で？　……いや、小さいからこそ出来たのか」

ぼそぼそとさっきより声を落として皆が話しているが、私は聞こえないふりをする。

剣術(けんじゅつ)はお兄様に教えてもらって、魔法(まほう)に関してはウィルおじいさんに教えてもらったりもしたけれど、そこからは自分の努力だし……。実際師匠と呼べる人はいないのよね。

「俺も王子に気に入られてえよ」

「それなら、もっと剣術を磨(みが)け」

ヴィクターの声が響(ひび)いた。全員が一斉(いっせい)に後ろを振り向く。

ほら、急に現れるから皆の顔が真っ青じゃない。

「も、申し訳ございません！」

声を発した男が勢いよくその場に立ち、九十度に頭を下げる。

「いいからとっとと訓練に戻れ」

面倒くさそうにヴィクターが言うと、全員が「ハッ」と声を揃えて、走り出す。

え？　まだ昼食の途中なのに？　私のハムサンドは⁉

渋々立ち上がり、私も走り出そうとすると、後ろから襟を思い切り掴まれる。

「お前は残れ」

「どうしてですか？」

王子の顔を見ずに、声に少し怒りを込める。

こうやって私だけ王子に贔屓されるの、とっても迷惑なんだけど。

「ガキには仕事があるんだ」

「え～、だったら給料高くしてくださいよ」

「何を言ってるんだ？　お前には今から超重要な仕事を与える」

ヴィクターは私の襟を掴んだまま体をグルッと回し、自分と対面させる。黄緑色の彼の瞳に私の嫌そうな表情が映っていた。

私は渋々とヴィクターの後についていく。

……もしかして、もうマディ採取の旅の準備が整ったとか？

「ここに入れ」

彼が突然立ち止まり、私の何倍あるか分からない重厚な扉を親指で差した。

いかにも怪しい雰囲気の扉なんですけど……。

「私一人で入るんですか？」

「ああ。……もしかして怖いのか？」

「そんなわけないわ！　むしろ楽しみよ！」

あ。またもヴィクターの挑発にのってしまう私って……。もう！　こうなったら絶対に臆した様子なんか見せないわよ。

スゥッと息を吸い込んで深呼吸する。ヴィクターは私の様子を見て、扉を開けた。

私が緊張しつつも一歩踏み出そうとした瞬間、お尻に衝撃が走り、そのままつんのめるように部屋の中に倒れ込む。

蹴られた！　と理解したのと同時に振り向いてヴィクターを思い切り睨む。

「それじゃあ、頑張れ」

彼はニヤッと笑って、バタンと扉を閉めた。

なんて王子なの。彼にデリカシーがないのは今更だけど！

「誰だ？」

中性的だが、男性だと分かる声が聞こえる。私は反射的に立ち上がった。

「新しい世話係か？」

そう言って、奥の方から髪の長い金髪の男性が現れた。髪はハーフアップにまとめられて、綺麗な顔がよく見える。太陽の光に反射してキラキラと眩しい黄緑色の瞳……。

――第一王子だ！

闘技場で遠目に見てはいたけれど、本人に間違いない。ヴィクターの奴、説明もなく放り込むなんて！

「お前、名は？」

私が何も言わないでいると、第一王子は優しく笑いかけてくれた。

ヴィクターより朗らか。あの気性の荒い弟を持つ兄とは思えないわ。

「突然の訪問失礼いたします。リアと申します」

「リア、よろしく。私は第一王子ヴィアンだ」

彼は落ち着いた声で自己紹介までしてくれた。

ノックもせずにいきなり部屋に入ってきたから、「無礼者！」と怒鳴られてもおかしくないのに……。

こんなに穏やかな方なのに、どうしてヴィクターはあんなに嫌っているのかしら。やっぱり王の座が関係してくると兄弟仲が悪くなってしまうとか？

けど、優しそうに見えて腹黒って可能性も十分あるから気をつけないと……。この場は話を合わせよう。

「はい。本日より世話係として参りました。あの、一つお伺いしてもよろしいでしょうか？」

「なんだ？」

ヴィアンは不思議そうに私を見る。

「他のお世話係はいらっしゃらないんですか？」

「急に辞めたんだ。理由は知らない」

……ヴィクターが手を回したのかしら。彼ならやりそうだわ。

「そうですか……。では、本日から僕がお仕えいたします。よろしくお願いします」

私はそう言って、丁寧にお辞儀する。

ヴィクターの前では出来なかった分、彼の前だけでも礼儀正しくしておこう。

「お前はライオンと闘っていた子だろう。目が見えないのによく頑張ったな」

「ありがとうございます。そのようなお言葉をいただけて大変光栄です」

覚えていたのか……と驚きつつも礼を述べると、ヴィアンはきょとんとした表情を浮かべた。

「あの、何か？」

私の言葉にヴィアンはハッとする。そして、またさっきの優しい笑みを浮かべた。

「闘技場の時と随分と印象が違うから……。それに、君はヴィクターの遠征メンバーに選ばれたと聞いている」

どこまで知ってるのかしら、この王子……。今はその笑みが少し恐いわよ。

ゆっくりとヴィアンが私の方に近づいてくる。品のある歩き方に王族の威厳を感じる。全てがヴィクターとは正反対だ。

「そんなに緊張することはない」

前の世話係は本当にヴィクターの手によっていなくなったのかしら。もしかしたら……。

「もっと楽にしてくれていいぞ」

近づいてきて分かったが、彼はヴィクターよりもかなり背が高い。トップモデル並みだ。

私がヴィクターの元で働いているのを知っていたのなら、私が彼によってここに送り込まれたことも察しているはず……。

暑くもないのに額から一粒の汗が流れ落ちる。妙な緊迫感と不気味さに押しつぶされそうだ。

これならヴィクターと初めて対面した時の方がましだわ。あのうるささが今は懐かしいもの。

「華奢な体に男性にしては高い声、そして、女性のような甘い匂い。うん、君は女の子だね？」

……察しが良くない⁉

ここに関してはヴィクターと同じなのね。すぐに女だとバレたわ。あの弟にしてこの兄ありって感じね。

それでも気配だけで……って、やっぱり第一王子の方が一枚上手なのかしら。

隠しても無駄だろうし、もういいわ。

「私が女だと何か問題でも？」

「おや、本性を見せるのが随分と早いな。もう少し礼儀ある少年でいてくれても構わなかったのに」

面白くなさそうにヴィアンが呟く。

「バレているのに私だけ必死に演技していたら滑稽じゃないですか」

「確かに。……それにしても、こんなに肝が据わった女性は久しぶりだ。さっきも随分と圧をかけたんだけど、君は怯えて震えることもなかった」

あの妙な緊張感はやっぱりそうだったのね。

「リア、これからは私に仕えてもらうよ。あぁ、その見事な男装のままで構わないから」

嫌味――――⁉

あっさり女だとバレたのに、そのままでいいなんて……悪女としては屈辱よ！

はぁ、と心の中でため息をつく。

私、これから彼の元でやっていけるのかしら……。

私は頃合いを見てヴィアンの部屋を出るなり、全力疾走でヴィクターの元へと向かった。

「ちょっとどういうことですか！」

ノックもせずに思い切りヴィクターの部屋の扉を開ける。

ヴィクターはしれっとした顔で口を開いた。

「どういうことってお前を兄貴の世話係にしてやったんだ。それに、お前が会いたいって言ったんだろ？」

「全然意味が分からない。そもそも王子は第一王子を嫌っていたわよね？」

勢いよく話したせいで、敬語が吹っ飛んでいるけど、この際それはどうでもいい。

「状況が変わったんだよ」

「いつどこでどんな風に変わったのか教えてください。私には知る権利があると思います」

ここで引いたら負けよ、アリシア。粘るのよ。

ヴィクターは私の方をチラッと見た後、ため息をつく。ため息をつきたいのはこっちよ。

「確かに第一王子に会わせてほしいと言ったのは私よ。だけど、いきなり世話係だなんて……。だったらちゃんと説明して。私は何をすればいいの？」

「あいつが、急に王座を本気で狙ってきやがった」

ヴィクターはいきなり声を荒らげて私を睨むように見る。

「あいつは昔から全てにおいて優秀だった。誰もが次期国王は第一王子だと言っていたが、王位継承権は俺にもある。しかもこれまで兄貴は王座に全く興味のない顔をしていたんだ。だが、俺が遠征から帰ってから、急に手のひらを返した。親父には王たる証となる『湖の源』を見せたが、言われたよ。お前の兄貴が自分の価値を証明し始めてる、まだ跡継ぎは決まっていないってな」

こんなにも一気に話すヴィクターは珍しい。よっぽど興奮しているのだろう。

彼の話を要約すると、国王に妖精――キイを見せても次期国王の座はもらえなかったってことよね。……期待させてそれは確かにムカつくわね。

「とりあえず、落ち着いてください。まぁ、継承位はそう簡単に決定出来ないものなんでしょう」

「簡単？　お前、命懸けであそこに行ったのをもう忘れたのか？」

彼の鋭い視線が私に突き刺さる。あら、余計怒らせてしまったわ。

「だからわざわざ世話係にしたんだ。お前はあいつが今更手のひらを返した理由、それからあいつの弱点を探れ。いいな？」

……うーん、私がヴィクターのスパイだってことは、もうバレていると思うんだけど。

「承知しました」

私は何も言わぬが吉と了承し、その場を後にした。

もう、兄弟喧嘩ならよそでしてほしいわ。お互い能力があるのなら、ラヴァール国は大きいんだし分割統治でいいじゃない。

私はため息をつきたいのを我慢しつつ、第一王子の部屋へと向かった。

「リア、この仕事をやれ。布なんて巻いてるけど、本当は見えてるよね？　どういう仕組み？　まぁ、いっか。仕事さえしてくれるなら」

「これ任せた。計算間違えないように」

「まだ終わってないのか？　早くこの書類に目を通して契約書を作れ」

「はい、次これ」

……なにここ地獄？

死ぬほど忙しいじゃない。兄弟揃って私を虐めるのが好きね。

てか、さらっと私の目が見えていること、バレてるじゃない⁉

絶対にこなしてみせるっていう心構えでやってるから何とかこなせているけど、こんなの普通の世話係じゃ不可能よ。

辞めたくなる理由が分かるわ。

私の手から書類がなくなったと思えば、さっき終わらせた倍の分が渡される。いくら私が文章を読むのが速くても、丸一日ずっと集中するにはかなりの体力がいる。

終わりのない作業って精神的にもしんどいのよね……。けど、ヴィアンも同じぐらい、いやそれ以上の量をこなしている気がする。

第一王子っていうのも大変ね……。

ん？　もしかしてデューク様もこれぐらいの量の仕事は難なくこなせるのかしら。

「何ボーッとしているんだ？　まだこれが終わってないだろ」

ヴィアンはさらに仕事を課す。

ああ、もう疲れたわ！　脳も叫びたがっている。

「ここできっちりいい仕事が出来る奴は、優秀な人材だ」

あら、褒められたみたい？　急にそんなこと言われると調子がくるう。

でも王子の言う通りね。目の前にある仕事を出来ない人間が他のことをこなせるわけがない。

せっかく王子の手伝いをしているのだもの。ここで、私は何か有益な情報を手に入れてみせるわ！

私は気合を入れ直して目元の布越しに必死に書類を見つめる。

……ん？　何かしら、これ。

紙を捲る手が思わず止まる。そして、想像もしていなかった内容が視界に入ってきた。

『デュルキス国に存在する聖女について』

こんな情報、一体どこで手に入れたの……？

私はヴィアンにバレないように、さっと目を通す。

『デュルキス国に聖女がいることが判明した。名はキャザー・リズ。平民出身だが特例で魔法学園に入学。全属性の類稀なる魔法使い』

だからリズさんを探ろうと学園にラヴァール国の狼が入ってきたのね。

聖女だってことはデュルキス国の貴族の間でも公表されていないのに、いつの間にヴィアンはこの情報を摑んだの？

直接聞きたいけど、彼に怪しまれたらこれまでの苦労が水の泡だわ。

「何か問題でもあったか？」

ヴィアンが私の様子がおかしいのを察したのか近づいてくる。

「いえ、何も！」

私は急いで書類を捲り始める。

「この私が引くぐらいのスピードで仕事をこなしてくれているのは助かっているんだが、その目隠し、必要か？」

「全てお見通しってわけですね」

はぁ、と私は肩の力を落とす。ヴィアンが私を見てにやりと笑うのが分かった。彼のその笑顔はとても艶やかで思わずドキッとしてしまう。

どこでも王子というのは色気が凄いわね。

「ですが、片目がないのは事実です」

そう付け足すと、ヴィアンは手に持っている書類を机に置いて、私の目の前までゆっくり近づいてきた。

もっと一気に、早口で問い詰められるぐらいの方が良い。この静けさが緊張感を生み、得も言われぬ怖気を感じさせる。

「なぁ。その布を取ってみてくれないか？」

優しい声……。こうやって私を懐柔しようとしているのかしら。

少し迷いながら、ヴィアンを見上げる。

……ヴィクターにも結局瞳を見られた。だから兄の方に見られても別にいいのだろうけど、何となく怖い。

ヴィアンの情報力なら、私がウィリアムズ家の長女アリシアだと分かってしまうかもしれない。

「私の瞳を見たら石像になりますよ」

彼はフッと口角を上げる。

「石か、悪くない」

きっと第一王子の頼みを断る人間なんて私ぐらいだろう。我ながら自分の度胸を褒めたたえたいわ。

「王子は美しいのでとても綺麗な像になると思いますよ」

私がしゃあしゃあと言ってのけると、ヴィアンは不気味な笑顔を浮かべて「そうか」と呟いた。

その瞬間、呼吸が苦しくなる。ヴィアンが勢いよく私の首を片手で掴み、体を持ち上げた。

「カハッ！」

息を吸おうと思っても空気が入ってこない。

弟も馬鹿力だったけど貴方(あなた)も同じね。

私は彼の手をはがそうと、両手で彼の手を握(にぎ)り、宙に浮いている体を動かす。

なんて強い力なの……。びくともしない。

……このままじゃ、私、本当に死んじゃう。

こんなところで死ぬわけにはいかない。悪女はいつだって窮地から抜け出すのよ！

私は朦朧としてくる意識のなかで、とにかく体を反らせた。そのまま反動をつけて足をヴィアンの腕に絡ませ、体ごとねじる。

ヴィアンが体勢を崩すと同時に私の首を絞める力が緩くなる。その隙を決して逃さなかった。

絶対に弱い女だなんて思わせない。

私は全力で体をねじり彼の手から抜け出し、宙返りで着地する。

思い切り息を吸い込み、酸素を体内に取り入れる。

ヒューヒューと奇妙な呼吸になるが、なんとか逃れられたことに安堵する。

この男、本気で私の首を絞めていたわ……。

「残念、ね。わたしを……消すなんて、出来ない、わよ」

私は息を切らしながら、彼を睨む。ヴィアンは驚いたように私を見つめたまま動かない。

首を押さえながら必死に呼吸を整え、私は油断なく構えた。

すると、ヴィアンが部屋中に響くぐらいの大きな声で笑い始めた。

……え、やばい人なのかしら？　情緒不安定な人には関わりたくないわ。

どうして彼のこと、大人っぽくてまともだなんて思ったのかしら。笑い方なんてヴィクターにそっくりじゃない。

「まさかそうやって抜け出すとはなぁ」

ヴィアンは盛大(せいだい)に笑い終えた後、感心するように言った。

「私を殺すつもりだったの？」

なんとか普通に話せるようになってきた。私の問いに「まさか」と彼は含(ふく)みのある笑顔を向ける。

気持ち悪い王子様ね……。

彼は今度は一瞬(いっしゅん)で私に近づくと、目を覆(おお)っている布を取り去った。さっきからこの王子、体術が凄(すご)いんですけど!?

視界が一気にクリアになる。私はキラキラした色気のある第一王子をまじまじと見つめた。

「……本当に片目が」

「だからないって言ったでしょ」

無理やり瞳を見られたんだもの。第一王子だろうが敬語なんて使わない。

「黄金の瞳か……、実に美しいな」

彼は私から目を逸(そ)らさなかった。

「満足？」

「綺麗な女だな」

私の声が届いていないみたい。……というか、その美形顔で言われてもね。私、貴方みたいにキラキラオーラを放っていないもの。

「この容姿にその身体能力と見事な仕事スキル、皇后に相応しい素質だな」

「皇后ですって？　いつラヴァール国は帝国になったのよ」

「じきに帝国になる」

……ヴィアンは一体何を考えているの？

この世界を征服出来るとでも思っているのかしら。この乙女ゲームの主軸はデュルキス国よ？

…………もしかして、私がこの国に追放されたから？

デューク様が私に惚れた時点で、とっくにシナリオ通りじゃなくなっている。私が嫌われ者なのと、リズさんが人気者のままだから、ゲームの設定上は問題ないと思っていたけど、そうじゃないのかもしれない。

もう私の知っているエンディングにはならない……⁉

現在十二歳　ジル

リズに対しての過激な信仰心を消して「正当な判断」が出来るように、僕達はアランに対して色々な方法を模索した。

連れてきた当初こそ拘束していたものの、アランにはちゃんと何不自由ない生活をさせている。ふかふかのベッドに豪華な食事、暇つぶし用の本を置いたりと、悠々自適だ。その上、剣の稽古をしたいというアランにデュークはあっさり剣を渡した。「危険じゃない？」と僕が訊くと、デュークは余裕の笑みを浮かべた。

そう言えば、デュークは桁違いに強いってことを忘れていた。

ヘンリはアランと様々な話をしていたが、アランのリズへの想いがあまりにも大きすぎて、誘惑の魔法を解くのは難しいのではないかと思わされる。

一番手っ取り早いのはキャザー・リズに頼んで魔法を解いてもらうことだが、本人は無自覚で魔法を使っているわけだから否定するだろう。

………いや、一度本当に向き合わせてみた方が良いのかもしれない。

「キャザー・リズをアランの前に連れて来てみない？」

学園の廊下で作戦会議中、僕の提案にすぐにメルが嫌そうな表情を浮かべて口を開いた。

「でも、アランを拉致ったことがバレたら、彼女がカンカンになってまた魔力を暴走させちゃうかもよ」

「リズが本気で怒ると確かに面倒だな」

「なら、標的を変えよう」

メルとヘンリの応答にデュークは落ち着いた声で提案した。青い瞳が僕達の方を向く。

「どういうこと？　アランはもうほったらかし？」

メルは小さく首を傾げる。

「いや、アランにはまた後で役に立ってもらう。キャザー・リズ本人を使って魔法を解く方法を探すなら、学園にいる人間の方がやりやすいだろ」

「誰をターゲットにするの⁉」

メルが興味津々にデュークの案に食いつく。

「あ、あっちの眼鏡？　それともあそこに座ってる本好きガール？」

「まず、アリシアのことが嫌いな人間じゃないとだめだろ」

ヘンリの言葉にメルはハッとし、テヘッと舌を少し出す。

「献身的なリズ信者の方が良いんじゃない？」

「いや、魔法を解くのが簡単なのは、考えが少しリズ寄りかな、ぐらいの方がいいんじゃないか？」

メルとヘンリの提案に僕も口を開く。

「強制的にキャザー・リズを信じている人間の洗脳を解いたら、後は簡単だから、先にハードモードでいった方が良くない？」

「確かにそれもそうだ」

「じゃあ、やっぱりあの体力系赤毛くん狙いかなぁ」

僕とヘンリの意見をまとめるように言ったメルの視線の先には、エリックがいた。

彼は大柄だから目立つ。女子生徒が持っている大量の本を運ぶのを手伝っているところだ。

……こうして見ると、普通の良い人なんだよな。ただ、アリシアにはとんでもない敵意をいつも向けてるけど。

「誰が声を掛けるの？」

「俺が行く」

メルの言葉に後ろから声が聞こえる。

……え、デュークが⁉

デュークならエリックも素直についてきてくれそうだけど、「大丈夫なの？」と彼に訊く。

「なんとかなるだろう」

恐れなど微塵もなく、堂々とエリックに向かっていく。

「前みたいな黄色い声はおさまったけど、いまだにあんなに注目されて、あいつも大変だな」

「デュークにはアリシアがいるし、いいんじゃない」

「私もアリアリ独り占めしたいよ～！」

ヘンリと僕がひそひそと話しているのに、メルが思いの丈を大きな声で叫ぶ。

僕らは慌てて彼女の口を塞いだ。メルがいると力が抜ける。

デュークとエリックが何を話しているのか、ここからでは全く聞こえない。

じっちゃんなら聞き取れるんだろうな。……もしかしたら、アリシアも聞き取れるかもしれない。

「何話してるんだろ～」

メルが目を凝らしながら彼らの方を見る。エリックの表情がだんだん深刻になっていくのが分かる。

……一体何を言ったんだ？

僕はデュークの唇の動きに集中する。今こそアリシアに教わった読唇術を発揮する場面だ。

『ラヴァール国でアリシアが生き残れると思っているのか？』

デュークはエリックにそう訊いていた。

本音でないことは僕らには分かるが、よく眉一つ変えないで言ってのけるものだ。

アリシアには絶対に言えないけど、彼女にデュークを超えることは出来ないと思う。だって、アリシアは真っすぐだから。

デュークみたいに表情を変えずに嘘をつくことが平気で出来る子じゃない。だからこそ、デュークはこの国の政をこなすことが出来るんだよね……。

「終わったみたいだぞ」

ヘンリが隣で呟く。エリックは校舎へ入っていき、デュークが僕らの方に戻ってくる。

どうなったんだろう。デュークはもうちょっと感情を表に出してほしい。

「うまくいった？　エリック捕まえられる⁉」

なんでメルは誘拐前提で話を進めるんだ。

「まぁ、多分大丈夫だろ」

デュークは言いながら、エリックが入っていった校舎の方に視線を向けた。

「なんでアリシアの話をしたの？」

「聞こえてたのか」

彼は驚いたように、僕を見る。

「ううん。唇の動きを読み取って」

デュークは感心するように僕の頭を撫で「流石だな」と褒めてくれる。

いつまでも子ども扱いだ、とも思う。けど、デュークに褒められるのは嬉しい。きっと、何歳になってもこの気持ちは変わらないだろう。

「エリックはアリシアのことを賢いなんて思っていない。だから、国外追放された彼女がラヴァール国で生きていけるとは当然思いもしていない。だけど、俺に言われるまでそんなこと想像したこともなかったんだろうな。エリックはアリシアがまさか死ぬなんて思ってもみなかったから、リズに助けてもらおうと彼女のところに向かったはずだ」

彼は大きな勘違いをしている。あの最強な女の子がラヴァール国で死ぬはずがない。

だけど、エリックとキャザー・リズをけしかけることには成功したようだ。さすがデュークだね！

僕達しかいない生徒会室に、エリックがキャザー・リズを連れて来た。

それと同時に、生徒会室の扉の鍵が締まる音が聞こえた。

「アリシアちゃんが死んでるかもしれないって、どういうこと？」

キャザー・リズは血相を変えて、デュークに詰め寄る。

僕は疑い深く彼女を見つめた。

「今更何言ってんの」

メルが僕の隣でボソッと呟く。……声冷たッ！

「アリシアは俺達より五歳も年下なんだ」

ヘンリが台本通りの台詞を発する。

僕達はアリシアがラヴァール国で死ぬなんてことはないと確信している。だけどここは芝居が必要な場面……ということでデュークがシナリオを用意したのだ。

「彼女は貴族でしょ？　だから向こうでも暮らしていけるんじゃないかしら」

キャザー・リズ、安定のお花畑。

国外追放された令嬢なんてラヴァール国だって不要に決まっている。デュルキス国の罪人をわざわざ喜んで受け入れる国がどこにある。

罪人は見世物になるか奴隷になるか……。そんなとこだろう。

もしアリシアが普通の令嬢として育ってきたのなら、辛くて苦しい境遇に耐えられなくなり、自ら命を絶つかもしれない。もしくは、役に立たず殺されるのがオチだ。

「ラヴァール国では国外追放された人間は闘技場へと送られる」

デュークの言葉にキャザー・リズが「闘技場？」と小さく首を傾げる。

「暴れ回る獣と闘わせて見世物にするんだ」

「そんな……。でもアリシアちゃんは女の子なのだし、きっと……」

リズの顔色が変わっていく。

「確かに女や子どもでは見応えがない。だから、逆に盛り上げるために犠牲になることがある。……それぐらい、残虐な国だ」

デュークはいつの間にそんな詳細な情報を手に入れたのだろう。

アリシア、猛獣と闘ったんだろうか……正直勝ちそうだけど。

「デューク、それをリズに言ってどうなる？　リズを責めるために俺は彼女を連れて来たわけじゃない」

エリックがキャザー・リズを場違いに庇う。

この話を聞いて守らなければならない相手はアリシアだと思わないいんだな。

「どうしたら彼女を救えるの？」

キャザー・リズは真剣な表情をデュークに向ける。

デュークに良いように見られたいなんて感情はなく、本心からアリシアを助けたいと言っているのは分かる。

こういうところが、彼女が、小説に出てくるヒロインみたいな存在だと称えられている所以なんだろう。アリシアが言っていた通り、彼女が軸なんだ。

僕は初めてそんな風に思い、不快感を覚えた。

キャザー・リズに助けてもらわなくとも、アリシアは自力で帰ってくる。

「メル」

「分かってるよ、主」

メルがスッと姿を消した。久しぶりに彼女の口から主って言葉を聞いた気がする。

僕らの作戦はシンプルだ。リズとエリックさえ揃っていればいい。

「何をするの？　アリシアちゃんを助ける話じゃないの？」

リズの疑問にヘンリは「悪いが、違う」と答える。

エリックが動揺の表情を浮かべる。

「リズ、お前は無意識にエリックに魔法を使っている。それを今ここで解いてほしい」

デュークはキャザー・リズに真正面から告げた。

ちなみに現在エリックにデュークの声は聞こえていない。メルが魔法で二人の会話を聞こえないようにしたからだ。この場でエリックが逆上したら面倒だからね。

「……どういうこと？　私、エリックに魔法なんて使ってないわよ」

「エリックだけでなく、この学園の生徒ほとんどに」

「そんなことするわけないじゃない！」

デュークが全て言い終える前にリズは叫ぶ。エリックは隣で何がどうなっているのか分からないという顔をしている。

「リズ？　どうしたんだ？」

キャザー・リズはエリックどころではないのか、デュークを問い詰める。

「私が一体何の魔法を使ってるって言うの？　誰かを傷つけたりした？」

悪気がないのが一番腹立たしい。そして、やっぱり会話が成立しない。

悪意を持って魔法をかけてくれていた方が扱いやすかった。

普段落ち着いているキャザー・リズがデュークの言葉でこんなにも動揺している。こうなると危険だから直接言わない策で今までやってきたんだよね。このまま彼女の魔力が暴走しないといいけど……。

「おい！　一体何がどうなってるんだ⁉」

エリックは僕達の方を見ながら声を荒らげる。うーん、やっぱり彼はうるさい。今は黙っていてほしい。

「暫く眠っててね～」

どこからかメルの声が聞こえた。どうやら以心伝心だったようだ。

エリックはゆっくりと体勢を崩し、近くにあったソファにドサッと倒れる。そのまま気持ちよさそうに眠りについた。

……何気にメルもとんでもない魔力の持ち主だな。流石デュークの側近だけのことはある。

「エリック？」

彼が倒れたことに気付いたキャザー・リズが振り返る。

「大丈夫、少し休ませているだけだ」

デュークがそう言うと、キャザー・リズは再びゆっくりとデュークの方に視線を向けた。王子相手でも狼狽えることのないエメラルドグリーンの瞳。彼女もこんな目をするんだ……。

「……もう一度聞かせて。私は一体何の魔法を使っているの？」

しばしの沈黙があった後、デュークは口を開いた。

「誘惑の魔法だ」

「ゆうわく？」

キャザー・リズが心底不思議そうに呟く。

「人間をたらしこむ最強の魔法だよ。皆がキャザー・リズを愛するようになる」

僕は簡潔に説明した。彼女は信じられないという表情を浮かべる。

「私、そんな魔法使っていないわ。それが本当ならば、貴方達には効いていないじゃない」

「魔力が強くて信念のある人間には効かない。もし全員が君の魔法にかかったら、独裁政いているだろ」

「けど、エリックが君に向ける愛と君がエリックに向ける感情は違う。それくらいは気付治になっちゃってるよ」

「ありえないわ。エリックと私は、ちゃんとお互いを知って、仲良くなったのよ」

僕が冷たく言い放つと、キャザー・リズは戸惑いつつもデュークを見た。

「もしそんな魔法があるなら、どうしてデュークは私を好きにならないの？　私の想いが強いのなら、そんなくだらない魔法があるのなら、貴方にかかってほしいわ！　どうして私はデュークの視界にすら入らないの？」

キャザー・リズが珍しく声をはり上げる。気持ちはわかる。だけど、デュークはほぼ国一番の魔力の持ち主でかつアリシアのことが大好きなんだよ。

「私は、もうずっとデュークが好きなの……」

彼女の声が急に弱々しくなる。

「すまない」

デュークがそう言うと、キャザー・リズの瞳から涙が零れ落ちた。

「アリシアちゃんが貴方を想う気持ちより、私の方がデュークを想っているわ。……ねぇ、もしアリシアちゃんより私の方が先に出会っていたら、私を好きになってくれた？」

デュークは少し間を置いてから、キャザー・リズの目を見て答える。

「それでも俺はアリシアを好きになっていた」

キャザー・リズは「そう」と寂しそうに笑う。その表情を見ていると、僕の心も少し悲しくなった。

もしかしたら、誰が悪いという話ではないのかもしれない。だからこそ、僕らはキャザー・リズを悪者にしたかったのかもしれない。

僕はアリシアを信じて疑わないけど、エリック達もキャザー・リズを信じて疑わない。

理想を語る少女と現実を見る少女。だけど圧倒的に後者の方が負担が大きい。なぜなら問題を解決するのは後者の方だから。……逆に言えば、理想を語る少女に問題解決能力が備わったら無敵だ。

アリシアはキャザー・リズにそれを気付かせるためにずっと頑張ってきた。

けど、キャザー・リズ自身は国の上に立ちたいなんて微塵も思っていなかったのだろう。偶然備わった能力が貴重で最強であった。それだけなのかもしれない。

彼女は普通の女の子で、ただひたむきに恋をしているだけ。

僕らは知らない間に聖女に圧力をかけていた。僕達だけじゃない。国の権力者達も彼女に期待した。

平民の、何も知らなかった女の子に……。

「君は世界を救いたかった？　それともデュークに振り向いてほしかったの？」

僕の問いに、ヘンリもデュークも黙ってキャザー・リズが発する言葉を待つ。彼女の本音を聞きたい。人間の心の底に抱えている重荷なんて、誰にも分からないのだから。

「……私は、デュークのお嫁さんになって、彼と一緒にこの力で世界を平和にしたかった。でもね」

彼女はそこで一呼吸置く。

「本音を言えば、デュークだけがいればよかった。彼が王子じゃなくてもいいの。言い方が悪いけど、私はこれまで、死ぬほどしんどい思いをしたことがない。普通の平民に生まれ、一生パン屋を営んでいてもよかった。こんな特別な能力なんてなくてもよかった。自分の生まれ育った環境が幸せだったから、特にこの世が不公平だなんて感じたことはなかったわ」

「じゃあ、どうして世界を平和にしたいなんて言ったの？」

「それが私の役目だと思ったから。聖女である私に課せられた使命なのだと。だから、平等を唱え、ロアナ村みたいな村をなくすのがベストだと思ったのよ。でも、正直何をどうすればいいのかもわからなかった。それほど熱心にこの世界を変えたいなんて、本当は思っていなかったからなのかもね」

淡々と話すキャザー・リズを見て、すごく人間らしさを感じた。

「私が必死に頑張ってきたのは全部デュークがいたから。デュークに私を見てもらいたいたかったから。私は特別な人間なのだからと、いい子であり続けようとした……。アリシアちゃんの言う通り、この世の仕組みが平等に出来ていないことに、恩恵を受けていたってことね」

「努力する動機なんて不純でいいんだよ。僕もアリシアのためだけに頑張ってるわけだし」

　本心からそう思った。純粋無垢なだけじゃなかった聖女に向けての、せめてもの慰めだ。

「いつも余裕があって、行動力があって、何よりデュークに好かれているアリシアちゃんが憎かったわ。だから、私は彼女と正反対であろうとした。彼女と友達になりたいなんて本気で思ったことはないわよ」

　リズはどこか諦めた様子で本音を全て吐き出す。

　ずっと色々な感情をため込んでいて苦しかったのだろう。聖女は憎しみを表に出さない。醜い感情を心のうちに閉まっておくしかないのだ。自暴自棄になりつつある彼女を僕らは黙って見つめる。

「たくさんの人に愛されてても肝心のデュークはちっとも私を見ないし、アリシアちゃんは死んだなんて言われるし！　私にどうしろって言うの⁉　私は平凡なパン屋の娘よ！　貴族の世界なんて全く知らなかった。誰もルールなんて教えてくれない！」

「リズ、すまなかった」

デュークの落ち着いた声にキャザー・リズは再び瞳に涙を浮かべる。

「貴方には一番謝ってほしくないわよ」

彼女の震えた呟きが静かに部屋に響いた。

厳しいようだけど、僕も貴族のルールなんて全く知らなかった。テーブルマナーも何が何やら状態だったけれど、本を読んだりアリシアやヘンリに指導してもらった。

……そういう点ではキャザー・リズはとても恵まれてると思う。だって、君に優しくしてくれた貴族達がたくさんいたはずだから。

だからこそ君はその優しさに甘えたのかもしれないけど。

デュークは謝ったけど、これはキャザー・リズ自身の問題だ。

自分の考えを信じて疑わないキャザー・リズが招いた結果がこれだ。自業自得だろう。

「それから、私はアリシアちゃんに悪役になってほしいなんて頼んだ覚えはないわ。貴方のお父様が勝手に命令したんでしょ。彼女が国外追放されたのは私のせいじゃないわよ」

至極冷静にキャザー・リズが指摘する。

「ならどうしてここへ？　デュークに会えるから来たの？」

「……違うわ。本当にアリシアちゃんを救いたいって思ったの。……ふふ、今更よね。エゴが強いにもほどがあるわ」

自分を偽ることをやめたのか、リズは自嘲する。それと同時にエリックが目覚めた。正しくはメルが魔法を解いたのかな。

「今の話は本当なのか？」

エリックは驚いた表情で僕らに目を向ける。

メルがまたスッと僕らの横に現れた。彼女は小声で僕に「赤髪くんは、実は今の一連のやり取り、全部聞こえてたんだよ」と呟く。

僕は、デュークの計画を理解した。

エリックが寝ているとキャザー・リズに思い込ませて、化けの皮をはがしたんだ。

しかも、ボロが出ないよう、このことは僕らにもナイショにしてたんだ。デュークって本当に隙がない。

やっぱり「普通」で育ってきたキャザー・リズにこの王子の攻略は難しかっただろうね。

こうなるとますますアリシアとデュークのコンビは最強だな。

僕としても世界が広がっていくのを感じられるのはすごく楽しい。色々な責任や重荷を担うことになっても、僕は特別な人間になりたいと願う。

僕は、自分の限界を超えていきたい。キャザー・リズとは違う。

「リズ……その、君はずっとそんなことを考えていたのか？」

エリックの問いにリズは動揺を隠せないようだ。

そんなこの世の終わりみたいな悲愴な表情を浮かべなくてもいいと思うけど……。僕は今のキャザー・リズの方が断然良いと思うし。

さすがにこんなリズを見たら洗脳も解けたのでは、と僕は二人の様子を見守った。

キャザー・リズはエリックの質問に否定もせずに、俯いている。

「リズはアリシアが死んでもいいと思っていたのか？」

「……そこまでは思ってないわ。ただ、邪魔だとは思っていた。だからと言って、私は皆に誘惑の魔法をかけてなんかないわ」

リズは頼りない声を発する。

さっきまでの威勢はどこかへ消えてしまったようだ。

「俺は……、今のリズに何も感じない。ついさっきまで、リズのためなら何でもしてあげたいと思っていたのに……」

エリックはばつが悪そうに言った。

嘘。本当に魔法が解けちゃった……。

その様子にリズは目を見開き、「どういうこと」と呟いた。彼女は涙をこらえながら微かに笑みを浮かべる。

「誘惑の魔法を私が使っていたというならそれでもいい。じゃあ逆に、アリシアちゃんは一体何をしたの？　ただ彼女も自分のエゴを私達に押しつけていただけじゃない」

「君にとっては悪役だったかもしれないけれど、彼女は自分の正義を貫きながら改革を起こしたんだ。現に、アリシアが動いたおかげでロアナ村は解放された。暴動も起きていない」

僕の言葉でキャザー・リズはその場に崩れ落ちた。もう反抗する気力もないのだろう。彼女の瞳からとめどなく涙が流れた。

「…………綺麗で賢くて強くて優しいアリシアちゃんなんて大嫌いよ。……それでも、彼女に憧れずにはいられなかった」

アリシアに縛られたら苦しい。自分とアリシアを比べた時に自分の未熟さを痛感するから。

そうか、キャザー・リズは自分を守るために誘惑の魔法を無意識に使っていたんだ。

「お願い……。誰か私を助けて」

彼女はすがるように懇願した。

……ねぇ、アリシア、君ならこんな場面でどうする？

『なに甘えてるの？　自分で招いたことに自分で苦しくなるなんて、それぐらいの想定はしておくべきでしょ？　まぁ、でも……』

す。

脳内でアリシアの声が聞こえた。

幻聴だと分かっているけど、多分、アリシアならキャザー・リズに躊躇いなく手を貸

そうだ、アリシアはそういう人間だ。自分に害を与えた相手だろうと気にせず、ただ思うままに動く。それが、多くの人間の心を摑むんだ。

そして、今、僕はアリシアの最高の助手なんだ。

「私に近づきたいんだったら、泣いてる暇なんてないわよ？　今すぐ立ち上がらないと置いていくわ。ぐずぐずしている人間って嫌いなの」

僕の言葉に部屋の空気が固まる。

デュークまでもが驚きに目を見開いていた。

「いきなりごめん。アリシアなら、きっとこう言うと思って」

僕はキャザー・リズを真っすぐ見つめ直す。

アリシアが言わないと効果がないのかもしれないけど、僕は彼女に手を貸してあげたかった。

「確かに～！　アリアリなら言いそう！　だから、とっととそのかまってちゃんな思考はやめて～」

……メルってほんと傷口に塩を塗るよね。

「僕らは君の愚痴を聞きたいわけじゃない。君に出来ることを考えて」

毒舌なメルはさておき、僕もキャザー・リズにこれからのことを考えてほしいと伝える。彼女は両手で涙を拭って立ち上がると、覚悟を決めた表情を僕らに向けた。今までの嘘くさい笑みじゃない。

「流石ね、ジル君。アリシアちゃんなら確かにそう言いそう。……もう飾らなくてもいいんだし、良い人でいる必要もない。私は、私に出来ることを自分の思うままにやるわ。今まで以上に面倒くさい聖女になったらごめんね」

「え、それはやめて」

清々しい笑顔に反して真顔で思わず答える。

「洗脳も解けたし、めでたしめでたし？」

「まだアリシアが戻ってきてないだろ。それに洗脳が解けたのはエリックだけだし」

「けどリズ自身が開き直ったんだったら魔法は解けるんじゃないの？」

「それじゃあ、徐々に洗脳が解けるのを待つか」

メル、ヘンリが交互に意見する。……待って、今こんなに僕らはハッピーだけど、アリシアが帰って来た時、まずくない？

…………アリシア、やっぱり君は悪役にはなれないのかもよ。

「アリシアに会いたいな」

デュークは窓の外を眺めながらボソッとそう呟いた。

普段そんなことを言わない彼が珍しい。

会っていない時間が長いと、本当に実在したのか不安になる。

僕の前にパッと現れて消える伝説のヒーロー的な存在だったとか……いや、アリシアはちゃんと実在する。すぐ弱気になるのはだめだ。

「俺は五大貴族として……、上に立つ者として何もしてこなかった。リズの思想に甘えて自分でやるべきことを見つけることが出来なかった」

「今気付いたってことは、後は挽回するだけだから楽だろ」

デュークがエリックの自嘲に即答する。

確かに。今がどん底なら、後は這い上がるだけだ。

僕はキャザー・リズの方を見る。

彼女の評価はこれからどんどん落ちていくことだろう。

……けど、多分君はそんなことでへこたれるような人間じゃないでしょ。

「お前は聖女だ。その自覚を持って頑張れ」

デュークがキャザー・リズを励ました。それはきっと本心からのものだろう。

リズはデュークを見ながらため息をついた後、フッと柔らかく笑う。

「あ〜あ、どうしてこんな男、好きになっちゃったんだろう！　エリックだったら、幸せになれたのに〜」

「おい、それ俺のこと、ちょろい人間だと思ってるだろ⁉」

キャザー・リズの言葉にエリックが声を上げる。

さっきの弱々しさはどこにいったんだ。デュークがいつもみたいに意地悪そうに笑みを浮かべる。

「俺なんて好かれる要素ないしな」

「「お前それは喧嘩（けんか）売ってるだろ」」

エリックとヘンリの言葉が重なる。急にヘンリも会話に参戦し始めた。

「どこ行ってもキャーキャー言われる王子が何言ってるのよ。そもそも、毎日拝まれるような美形のくせに」

「この国では浮くような肌（はだ）だけどな」

「褐色肌（かっしょくはだ）が最高なんでしょ！　どれだけの令嬢の性癖（せいへき）に刺（さ）さっていると思ってるのよ！」

キャザー・リズが大きな声でデュークに突っ込む。彼女の勢いに思わずデュークは後退（あとずさ）った。

結構言うね……。彼女が最初からこのキャラで過ごしていたら、もっと親しみやすかったかもしれない。

「声量が馬鹿なんだけどッ！」

メルはキャザー・リズに対抗するように声を上げる。

ここにメルが入ったら、収集つかなくなるんじゃない⁉　……もう無理みたいだけど。

「前から思ってたけど、メルちゃんってすっごく口が悪いよね」

「相手がリズっちだからだよ」

メルは満面の笑みで応戦する。キャザー・リズが誰かに対して露骨に嫌そうな顔を向けるなんて初めて見たかもしれない。

「けど、私の方が年上よね？　敬意を持つって大事よ」

「尊敬出来ない年上を敬う敬意は持ち合わせてません。メル悪くない～」

「私の方が世渡り上手だわ」

「八方美人なんて気持ち悪い～」

キャザー・リズが全然メルに負けてない……。しかも前よりずっと良い表情をしている。

「リズ、これから聖女として役割を担っていくのは大変だぞ。分かってるのか？」

ヘンリが僕の気持ちを代弁してくれた。キャザー・リズは口を大きく開けて笑う。笑い声が暫く続き、落ち着いたのと同時に彼女は言葉を発する。

「私に大変な思いをさせる元凶の一人が何言ってるのよ。それぐらいもう覚悟してるわよ。だって、アリシアちゃんならこんな境遇でも楽しんで堂々としているだろうし。……

それに、彼女に出来て、私に出来ないわけないわ！」

アリシア、凄いよ。

君は遠くからでも支えになってるんだよ。キャザー・リズを立ち直らせたのは君だ。アリシアがいたから、彼女は強くなれた。

アリシアがずっと望んでいた、キャザー・リズが君の素晴らしいライバルになったよ。

「一件落着？」

「とりあえずな」

ヘンリの言葉にデュークが頷く。

順調とは言えなかったけど、デュルキス国は前進したと思う。これからこの国はもっと良くなるだろう。

ねぇ、アリシア、君は今、何をしてるの？

現在十六歳　ウィリアムズ家長女　アリシア

朝から私の言葉が王宮中に響き渡ったと思う。自分でも驚くような声が出た。

衝撃のあまり持っていた書類を全て床に落としてしまった。

でも、今のヴィアンの言葉は全く予想出来なかったし、唐突すぎる。

……私、ラヴァール国に来てから言葉遣いが荒くなったような気がするわ。

「聞こえなかったか？　だから」

「聞こえてたけど信じられないの！　二度も言わなくていいわよ！」

「へぇ、動揺しちゃって。可愛いな」

ヴィアンはニヤニヤしながら私を見つめる。

一体どういう思考回路しているのよ、この男。

「何がそんなに嫌なんだ？　皇帝の妻になれるんだぞ？」

「だから！　そんな恥ずかしい台詞を照れもせず言わないで！」

「変わってるなぁ」

彼は不思議そうな表情をする。

……変わってるのは貴方よ！　どこの誰だか分からない人間をよく皇后にしようなんて思うわね。

ラヴァール国に来たのはあくまで偵察であって、皇后になるなんて冗談じゃない。私はいつかデュルキス国に帰らなければならないのだから。

「まず、私のことが好きでもないのによくそんなこと言えますね」

私は深呼吸をしてから、落ち着いて会話を始める。

相手に呑まれちゃだめよ、アリシア。

「私は割とお前を気に入っているぞ」

「恋愛感情なんてないじゃないですか」

「結婚に恋愛なんて不要だ。そんなもんがあるのは平民だけだ」

確かに、王子ならそうよね……。

結婚は政治の道具だもの。

私の場合、たとえ政略でもデュルキス国で誰かに結婚を申し込まれることなんてないわね。悪名を轟かせているのだから。……まぁ、デューク様は別だけど。

「それに、お前は皇后の器だ」

ヴィアンの言っている意味が分からず、首を傾げる。

「皇后になれる資質を十分なほど持っている」

「私が？　どうして⁉　確かに皇后に悪女は多そうだけど……」

「何を言ってるんだ？」

私の呟きにヴィアンは怪訝な表情を浮かべる。

「いえ、なにも」

……とりあえず、今は目の前の仕事に集中しよう。これ以上彼の戯言に付き合っていられない。

私はその場に落ちた紙を拾い上げる。その時に、床の端の方で煌めいた何かを見つけた。

私は近づいて、ゆっくりとそれを摑み、手のひらで転がす。

……これって、口紅？

「誰のものなんだろう」

私はじっくりとその口紅を観察する。

もしかして、ヴィアンの愛人⁉　確かに一人や二人いてもおかしくないものね。

「ねえ、これって……」

ヴィアンは「なんだ？」と振り向く。と同時に私の手のひらにあるものにハッと気付き、勢いよく奪い取った。

浮気が見つかった人みたいな反応。ヴィアンにしては珍しく、焦っている様子が分かる。

まぁ、さっき私に皇后になれなんて言ったところだもの。そりゃ、口紅なんて出てきたら動揺するわよね。

私はじっとヴィアンを見つめる。

どうして顔まで赤くなっているのかしら。愛人を囲っててもそんなに驚かな……、もしかして。

「まさかそれって、王子のですか？」

私の言葉にヴィアンはさらに顔が赤くなる。まるで林檎のようだ。

図星だったの？　……ってことはヴィアンは女装家？

「私の……って言ったら？」

少し涙目になりながら彼は私の方を睨む。

……もしかして、私、口封じのために殺される⁉

いや、そんなわけないわよね。だって、私が死ぬわけないもの。

「ねぇ、私の話聞いてる？」

返事をしない私にしびれを切らしたようにヴィアンが少し怒った口調でそう聞いた。

私が「喋り方」と呟くと、彼はハッと口を手で覆う。どんどん彼のキャラが崩れていく。

冷静だけど少しやばいところもある王子の印象が消え去った。

「もしかしてあっち系ですか？」

「あっち系ってどっち系よ！　というか、何よその反応は！　もっと他に言うことあるでしょ！」

そんなに怒鳴らなくても良いじゃない。そして口調が完全に女性らしくなっている。

「その口紅って結局王子のものなんですか？」

「はぁ……。逆にこの流れで私の以外なんてあり得る？　女装は私の趣味なのよ。だからって、別に男が好きってわけじゃないのよ。恋愛対象は女性よ。……何か文句ある？」

何も言っていないのに、ヴィアンは一人で捲し立てる。

ヴィアンは顔が整っていて美しいから、女装したら絶世の美女になりそうよね……。是非見てみたいわ。

「色は？　何色ですか？」

私の質問に彼は怪訝な表情を浮かべながら「赤よ」と答えた。

「素敵。今塗ってみてください」

「馬鹿にしないの⁉　私を軽蔑しないなんて貴女が初めて……」

最後の方はボソボソと言っていてよく聞き取れない。

とにかく、せっかくの美形なのだ。私は彼がより美しくなる姿を見てみたかった。

「ほら早く！　絶対に似合うと思うから」

躊躇うヴィアンを見ながら私はそう付け加えた。

彼は一瞬嬉しそうにしながらもまだ半信半疑といった顔で、そっと口紅を塗り始める。

薄ピンク色の唇が真っ赤に染まっていく。日光で煌めいた長い金髪に、神秘的な黄緑色の瞳。真っ白い肌によく映える真っ赤な唇。

「なんて綺麗なの……」

思わず心の声を吐露する。

私の言葉にヴィアンの瞳孔が散大するのが分かった。

男性だからこそ、その美しさが出せるのだと、私はヴィアンを眺めながら思った。

「き、綺麗なわけないいじゃない」

だがヴィアンは手で乱暴に唇を擦る。綺麗な赤が滲んでいく。

素敵だったのに……。私の言葉で素直に塗ってくれるなんて思ってもみなかったから、驚いたけど。

「貴方の真っ赤なドレス姿も、きっと最高に美しいわね」

「……さっきから何？　私は王子なのよ？」

もしかして、ヴィクターと仲が悪いのってこれが原因だったのかしら？

賢くて強くて格好良い憧れのお兄様が、実は女装家だったたって知ったのがショックだったとか。……ヴィクターの性格ならあり得そうだわ。

「何か言ったらどうなのよ」

ヴィアンの催促に私は意を決して答えた。

「王子が男であるからこそ、その口紅が魅力的なんです。中性的な貴方だからこそ女性にはない魅力を出せるの」

「父も弟も私のことを軽蔑したのに……。不思議ね、貴女の言葉は信じられるみたい。悔しいわ。ハマったら沼だと分かっているのに、私も弟も貴女にどんどん溺れていくみたい」

言いながらヴィアンは、どこか嬉しそうに笑う。

なんて可愛らしい人なのかしら。少し前に見せた殺気も吹っ飛ぶ勢いよ。あの殺気は、自分を守るための鎧だったのかもね。

「……私も秘密を教えたんだから、貴女も一つ秘密を教えなさいよ。これじゃあ、アンフェアよ」

不服そうにヴィアンが口を開く。

「私の秘密？」

「そうよ。貴女なんて秘密だらけじゃない。怪しい要素しかないわ。リアっていうのも本当の名前じゃないだろうし」

彼はジロジロと私を見る。私の脳内には悪魔と天使が出てきてそれぞれ囁いた。

『騙されてるわよ、何も言わない方がいいわ！』

『王子の秘密を知ってしまったんだから、一つぐらい教えてもいいんじゃない？』

『それで殺されたらどうするのよ！　これは罠よ！』

『けど、悪女としては公平じゃなくない？』

……最後の天使が強すぎる。それに、ありのままの自分を見せるべきよ、とか言わないあたりが私の天使らしい。

よし、と覚悟を決めて、ヴィアンを真っすぐ見た。

「私はデュルキス国の五大貴族、ウィリアムズ家の長女アリシアです」

しばしヴィアンは私を凝視した後、ふっと顔を綻ばせる。

「何それ、最高じゃない」

「え？」

「だって、お嬢様でしょう⁉　なのに国外追放されてライオンと闘ってこんな状況にいるなんて凄いわよ。一体どんな境遇でそんなハイレベルなスキルが身につくわけ⁉　貴女のその潜在能力にはドン引いたわよ。あ！　ということは魔法が使えるのね！　というか、令嬢なのにその目！　どんなお転婆したのよ」

とんでもないスピードで喋るヴィアンは私に突っ込む隙を与えない。そんなに一気に色々と聞かれたら、何も答えられないじゃない。

「スパイって思わないの？」

ヴィアンが静まるのを待って、私の口から出た最初の言葉がこれだった。ヴィアンはきょとんとした表情を浮かべ……すぐに豪快に笑った。

「デュルキス国の超ハイスペック令嬢がラヴァール国にいるのよ？　スパイ以外考えられないじゃない！　でも、良いんじゃない？　そんな簡単にラヴァール国はやられないわよ」

　ヴィアンは自信に満ち溢れた表情を浮かべてそう答えた。

なんて格好良い回答なの……。百点満点よ。彼が眩しいわ。

「ねぇ、お嬢様だったらドレスのセンスも良いんじゃない？　これから一緒にドレスでも見ない？」

「え、でもこの書類をマリウス隊長に届けないといけません。それに王子にもまだまだ業務が残っています。遊んでる場合ではないのでは？」

「何よ、急に畏まっちゃって。面白くないわね」

　ヴィアンは口を尖らせる。仕事が多いですから、と私は笑顔で応えた。少しぐらい減らしてほしいという気持ちを込めて。

「しょうがないわね。デュルキス国についてはたくさん知りたいことがあるけど、この『私』でいるときは、何も訊かないわ！　……ただ、一つお願いしてもいいかしら」

　王子は何を言っているのかしら。王子の願いを聞かない従者がいるわけないじゃない。

「何でしょうか？」

「二人きりの時でいいから、私のことはヴィヴィアンって呼んでくれない？　ずっとその名前に憧れていたの」

「いいですよ」

私が即答すると、ヴィアンは嬉しそうに笑う。つられて私も微笑み返す。

ヴィアンという名前も似合っていると思っていたけど、ヴィヴィアンも素敵だ。

彼は小さく「ありがとう」と呟いた。きっと私に聞こえないつもりで声を発したんだろうけど、しっかり聞こえている。

少し……じゃなくて随分彼への印象が変わった。前よりずっと話しやすい。

「ヴィクターは子どもだから、あんな反抗的な態度をとるんだと思います」

あ、ついうっかりヴィクターのことを呼び捨てにしてしまった。まぁ、いいわよね、ヴィクターだもの。

「リア、じゃなくてアリシアの方が年下なのに、酷い言われようね。……弟は一生私のことを理解出来ないと思うわ」

「理解するのは案外簡単なんですよ。ただ、人は受け入れることが苦手なんです」

「どういうこと？」

「ヴィクターの場合は逃げているだけ。貴方の本質に向き合って絶望するのが怖いから。けど、自分の想像していた兄ではないから拒絶するなんて、子どものすることよ。まず相手を受け入れるところから始めないと、話にならない。彼はそういう点でまだまだ子どもなんです」

私が淡々と話すのをヴィアンは黙って聞いていた。

「生まれ持った人格はそう簡単に変わらない。価値観の違いなんて、他者との間では必ず生じるものなのに、人は自分に理解出来ないものを排除したがる」

もし、今の話をどこかでヴィクターに盗聴されていたら、明日には私の頭と胴体がバラバラになっているわね。

「その鑑識眼、流石ね。ヴィクターの隊に所属しているから、何があってもあいつの味方かと思ったけれど。誰が相手でも容赦なく辛辣で……恐れ入るわ」

お褒めにあずかり、得意げに私は満面の笑みをヴィアンに向けた。だがヴィアンは私の言葉に目をぱちくりさせる。

「私は最高の悪女ですから」

口には出さないが、「何言ってるの？」と今にも言い出しそうな表情をしている。全く失礼しちゃうわ。

「さ、仕事を再開しましょう」

「待って」

私が仕事に戻ろうとしたのと同時にヴィアンが待ったをかける。

「なんですか？」

「……貴女に怖いって気持ちはないの？」

「そんなのあるに決まってるじゃないですか。でも、どんなに恐れを抱いていても表に出さない。それが強くなる秘訣でしょ？　王子が一番よく知っているはずですよ」

ヴィアンは少し黙った後、「そうね」と呟いた。

「サンチェス・ヴィアンはこの国の第一王子ですもの。怖さを表に出すのはご法度。よく肝に銘じておくわ」

「そうそう、ヴィヴィアンなら大丈夫！」

ご所望の名前を呼ぶと彼女は頬を少し染めて、これまで見たことのない笑みを見せてくれた。その笑顔に釘付けになる。

「これは二人の秘密よ」

彼女はそう言って、人差し指を唇にふわっと当てた。

その仕草はあまりに美しかった。

＊

私はヴィアンの部屋を出た後、書類を届けるためにマリウス隊長の元へと駆け足で向かう。

その間、一つの疑問が頭の中に浮かんでいた。そして、唐突にその場に立ち止まる。

待って、たしかヴィクターって、ハリストって名乗っていなかったっけ⁉

え、でも第一王子は、サンチェス・ヴィアンって言っていたわよね？　……またウィルおじいさんみたいにややこしい王族問題があるのは勘弁だわ。

……でも、ラヴァール国なら愛人の一人や二人囲うのは当たり前なのかもね。

「いやいや、母親が違ってもファミリーネームは一緒のはずよね？」

私が小さくそう呟いたのと同時に前からおじい様が歩いてきた。

なんていいタイミングなのかしら！　おじい様に聞けば一発で分かるじゃない。……あ、でも逆にラヴァール国に疎い人間だと怪しまれたりするかしら。

でも、今これを解決しないと気になって眠れないわ。

「リアか、こんなところで何をしてるんだ？」

「おじ、……アルベール様。今からマリウス隊長にこの書類を届けに行くところです」

なんだか久しぶりに会う気がするわ。このところ、ずっとヴィアンの仕事にかかりっきりだったんだもの。

「そうか。……さっきは何をそんなに真剣に考えていたのだ？」

……何でもお見通し？　血筋というものは恐ろしいわね。

「いえ、ただ……」

私は言葉に詰まる。無知なのは悪いことじゃない。知らないことは教わればいい。

ただ、ここでおじい様に変に怪しまれたくない。私の正体を知っているのはヴィアン一人で十分よ。

「この道から来たということは、第一王子の部屋にでも行っていたのか？」

おじい様、鋭い。

「……そうです。最近ヴィクター様の命でヴィアン様の従者になったのです」

「そうか。それは良い。彼と共に時間を過ごすと色々なことが見えてくるからな。第一王子は変わっているが、それが面白い」

「アルベール様はどちらの味方なのですか？」

私の言葉におじい様の眉がピクリと動いた。

前まで、ヴィクターの遠征に付き合っていたのに、今はヴィアンの肩を持つような言い方だし……。

「どちらの味方でもない。この国が歩む道を見たいだけだ」

「……今までのこの国の歴史について、私に教えてもらえないでしょうか？」

今しかないと思い、そう切り込んだ。

おじい様は軽蔑するでもなく「それがお前の聞きたいことだったか」と呟き、来た道をゆっくりと引き返し始めた。

ついて来いってことかしら？　え、でもそれじゃあこの書類は……。

ええい、女は度胸よ。後で怒られる心の準備をしておかないと。マリウス隊長のペナルティは腕立て千回かしら……なんて考えながら、私は好奇心が抑えられず、おじい様の後を追った。

連れてこられたのは私が以前、上ることをやめた塔。

……たしかここ、魔法がかかっていたわよね。

おじい様が中へと入っていく。……私、まだ上れない設定の方がいいわよね？

「あの、ここは」

「魔法は解いてある」

私の懸念に気付いていたかのようにおじい様は言った。

私は彼の後に従って階段を上っていく。……魔法を解いているのに、やっぱりかなり上るのね。

ひたすら続く螺旋階段に、目が回りそうだわ。

「ここだ」

一番上まで上りきると、おじい様は少し古びた木の扉をギギッと開けた。

私は少しドキドキしながら部屋の中へと足を踏み入れる。普段だめな所に入れる喜びっていつになってもあるものだ。

「なにここ」

私は中の光景に思わず声を漏らす。

観葉植物が部屋を覆っていた。小さな蝶も飛んでいる。大量の書物が壁際に並べられていて、床にもたくさん積まれている。大きな丸い窓から光が差し込んできて、幻想的だ。

空気が澄んでいて、とても心地いい。私は息を呑む。

なんて素敵な場所なのかしら……。

近くから「ミャオ」という可愛らしい声が聞こえた。足元に視線を落とす。

……黒猫？　でも、そのわりにはライオンに見えるような気もする。

せっかくならライもここに連れてきて皆で戯れたい。

「私以外にそいつが懐くとは……」

おじい様以外には懐かないの？　……もしかして、同じ血が流れていることを野生の勘で当てられたとか？

人間は騙すことが出来ても、動物は騙せないものね。

「あまり猫に見えないですね」

私はなんとか話題を変えてみる。おじい様はフッと笑った。

「魔力を与えたからのう。……お前の黒いライオンもそうだろう？」

「どうしてライのことを……」

あの子が黒くなったことは誰も知らないはず。だって、魔法を使ったのは小屋の中だし……。

「ここに来てからお前に関して知らないことはほとんどない」

おじい様の言葉に私はギクリと固まる。

それと同時に、どこからか銀色の蛇が現れた。うろこがキラキラと眩しくて、この世のものとは思えない姿だ。それなのに。

……どうしてかしら。どこかで会ったような気が。

「流石だ。察しがいい。アルビー」

おじい様がそう言うと、蛇はみるみるうちに人間に姿を変えた。

…………嘘でしょ。この人って。

デュルキス国から一緒に国外追放されたあの坊主頭の人じゃない。殺気が凄かったからこの人だけは鮮明に覚えている。

今にも人を殺しそうだったのに、今はそんな雰囲気を少しも出していない。

「国外追放されてくる人間をいつも監視しているアルビーだ」

え？　蛇を人間にして監視までさせていたの？　そんな高度な魔法……、もしかしておじい様って。

私は陽光で照らされた思慮深く威厳のある紫色の瞳を見つめた。おじい様も私を見つめ返す。

「この御方は当時のデュルキス国で国一番の魔法を扱えたウィリアムズ・アルベール。魔法レベル１００を持つ、君の祖父だ」

アルビーがとても良い声でおじい様を紹介してくれた。

「……え⁉」

私が驚愕に口をぱくぱくさせているのを面白そうにアルビーは見る。私は必死に状況を理解しようとする。

おじい様、やっぱり私の正体に気付いていたのね？

いや、そんなことよりもおじい様ってレベル１００だったの⁉

今はラヴァール国の王家の歴史よりもこっちの方が重要だ。

「えっと、おじい様が私に気付いていらしたのっていつ？　……どうして？」

「やれやれ。本当は気付いていたことは内緒にしておくつもりだったが……まあいい。私の魔力を気持ち良さそうに受け取っていたからな……」

魔力？　そんなものをもらった記憶は………、もしかして死致林の時⁉

だから、あの日の朝はとっても体が軽かったのね。だって、皆が馬に乗っているなか、私は走って帰ってきたのだもの。

考えてみれば、その前日の夜に死にかけていたのに、あんなに動けるわけないわよね。

「アルビーは国外追放された人間を見極める役だ。一体デュルキス国からどんな人間が来ているのか気になるからな。まさか孫が来るとは思わなかったが」

おじい様は私を見て優しく微笑む。

こんな表情初めて見たわ……。やっぱり孫って特別なのかしら？

「その布を取ってくれないか？」

私はおじい様の言葉にしたがって、目に巻いている布を取る。光がいきなり瞳に入ってきて少し眩しい。

「その目は母親譲りか。彼女に似てとても綺麗だ」

世の中のおじいちゃんって孫にこんなこと言うの？　こんなのおじいちゃん子になるしかないわよ。

「誰かに目を与えたのかい？」

「はい……おそらくおじい様もよく知っている方に」

私の返事におじい様は少し考え、すぐにそれが誰だか気付いたようだ。

「ウィルか」

「はい」

私は満面の笑みを浮かべる。

「そうか。まだあの村で生きていたか。ウィルはいたずらが好きで、私やケイト、マークは彼を弟のように可愛がっていたんだ」

おじい様は懐かしそうな表情を浮かべる。

皆の若い時を一度でいいから見てみたいわ。ウィルおじいさんがいたずらをするところなんて想像出来ないもの。

「調子に乗ってたからこそ魔力も失ったんだがな」

おじい様、辛辣ね。

「……ということは、ロアナ村に行ったのか⁉」

おじい様が急に大きな声を出す。

確かに、大貴族の令嬢ならほとんど関わることがない村にわざわざ足を運ぶなんて想像出来ないわよね。それも一人で。

「アーノルドは一体どんな育て方をしたんだ？　剣術(けんじゅつ)や学力は置いておいて、その行動力と勇気は人から教わるものではない。……とんでもない孫を持ってしまったな」

「可愛い孫でしょ？」

「ああ、この上なく可愛い孫だ。……だからこそ、大切に育てないとな。今の魔法レベルは？」

「92です」

ラヴァール国に来てから少しも成長出来ていない。そもそもここでは魔法の練習が出来ないもの。正体がバレるわけにはいかなかったから。

「いくつになった？」

「……十六歳です。私の名前はウィリアムズ・アリシア。十歳で魔法を扱えるようになって、特例で十三歳の時に魔法学園に入学。その二年後にラヴァール国を知るために国外追放されました」

おじい様の聞きたいであろうことを一気に話した。

「……魔法特化の面ではウィルに似ているな。私らの見立て通りお前が賢いことは分かっていたが、まさか特例が出るほどだったとはな」

感心するようにおじい様は頷きながら私を見つめる。

「では、ここでは私が魔法を教えてやろう。今日から毎日ここに来るといい」

「え、でも魔法の本とか必要ないんですか？」

「本などなくとも全て頭に入っている」

「ありがとうございます！」

私は満面の笑みを浮かべてお辞儀をする。

なんて素晴らしい先生なのかしら。……というか、今思ったんだけど私、結局魔法学園で少しも魔法のことを習った覚えがないわね。

「では、今から少しラヴァール国の話でもしようか」

おじい様はそう言って近くにあった椅子を私に勧め、自分も腰を下ろす。

私は大きな窓際に座る。アルビーも蛇の姿に戻り、私の隣に寄ってくる。黒猫はおじい様の膝の上に飛び乗った。

なんて素敵な空間なのかしら。私は歓喜に打ち震えながらおじい様の話を聞いた。

彼の話はとても衝撃的なものだった。

この国では、サンチェス家とハリスト家の二つが王家として存在しているという。どちらも強い権力を持つため、王家を一つに絞れなかったらしい。

だから、一代ごとに政権を交代するという制度が出来たらしい。それがサンハリ制度。とてつもなく安直な名前のつけ方だけど、覚えやすいから、そのネーミングセンスには触れないでおこう。

サンハリ制度は最初はうまくいっていたようで、両家はとても仲が良かったらしい。けれど、今の世代でややこしい事件が起きたそうだ。

なんと、サンチェス家の当主がハリスト家の令嬢と恋に落ち、ハリスト家の当主がサンチェス家の令嬢と恋に落ちた。そうして生まれたのがヴィアンとヴィクターだという。ちなみに今の国王はサンチェス家の人間。

要は、ハリスト家とサンチェス家がそれぞれ婚姻関係を結んだ状態となってしまったのだ。当然、ヴィアンとヴィクターに血の繋がりはない。

本来この二家は、それぞれの権力を保つために、両家での婚姻関係は禁じられていたという。

血縁関係が複雑になってしまったため、継承問題は揉めに揉めたそうだ。

仕方なく、サンチェス家の当主であった現国王の元にヴィアンとヴィクター両方を預けることとなり、その結果、現国王は、「二人のうち力がある方に王位を譲る」と言い出したのだそうだ。

おじい様から全て聞き終えた後、私の脳みそはショート寸前だった。

「あの、おじい様……」

「何だ？」

「話がややこしすぎません？　どうして今回に限ってそんなことになったの？」

「まぁ、恋というのはそういうものだ。だめだと分かっていてもどうにも出来ないのだろう。分家の方では相手の家の者と結婚することはあったみたいだけどな」

「だって、そうなると家系図が迷路になりますよ」

「家系図なんて奴らには関係ないのだ。今と未来のことしか見ていない」

「カルチャーショックってこういうことを言うのね」

静かな空気の澄んだ部屋にぼそりと私の呟きが響いた。

私はおじい様から話を聞き終えた後、小屋に戻る。

ヴィアンとヴィクターが誕生してからサンチェス家とハリスト家の関係は悪くなったが、それとは関係なしに彼らは本当の兄弟のように王宮で育てられたという。

まぁ、今はそうじゃないみたいだけれど……。

ヴィクターも私を使って変にヴィアンのことを勘繰らなくてもいいのに。そもそもヴィアンの元に行かされた主旨を説明されなかったってことは、単に兄の様子が気になっている弟心っていうのもあるのかもしれない。

今回のことに私は干渉しないでおこう。毎度何かに巻き込まれていては身がもたない。

私は気持ち良さそうに眠っているライの隣で横になる。ライはとても温かくて気持ちいい。

……家庭が複雑すぎて私からは何も言えない。

本来なら次期国王はヴィクターだった。けれど、ハリスト家の人間がサンチェス家に嫁いだため、ヴィアンにも王位継承権が与えられた。

「もういっそのことじゃんけんで決めちゃえばいいのに」

私はそんなことを呟きながら、ゆっくり目を瞑って眠りに入ろうとした。

その瞬間、左目に違和感を覚えた。一瞬だけ視力が戻ったような感覚。

……今の何？

突然の出来事に頭が回らない。私の魔力が弱まったとか？

考えられることは二つ。私の魔法が解けかけているか、もう一つは……ウィルおじいさんに何かあったか。

彼に限ってそんなことあるはずがない。どうか前者であってほしいと心の底から願う。

今すぐウィルおじいさんの様子を確認したい。何もなければ良いけど、何かあったら耐えられるかどうか分からない。

私の様子に勘づいたのか、ライが目を覚まして慰めるように顔をスリスリと押しつけてくる。

こんなところで弱気になっていてはだめよ、アリシア。デュルキス国にはジルもデュークア様もいる。

彼らがきっと何とかしてくれるわ。だから、私はここで自分が出来る限りのことをする。

「ありがとう」

私はライを優しく撫でる。

無駄に過ごしていい時間なんて欠片もない。

……私もそろそろデュルキス国に帰る日のことを考えておかないといけないわね。

眩しい陽光で目が覚める。いつものように着替えて、布を目に巻く。

ヴィクターの部屋よりも小屋で寝る方が私の性に合っている。……ヴィクターにはまた文句を言われるだろうけど。

私は急いでヴィアンのところへ向かおうと小屋の扉を開けると、物凄い形相をしたマリウス隊長が立っていた。

……あ、まずい。書類のこと、すっかり忘れていたわ。

「お前は、昨日、俺に、書類を持ってこなかったな」

カタコトで喋る彼からただならぬ空気が醸し出されている。ここは素直に謝るべし、と私は頭を下げた。

「も、申し訳ございません」

「謝って済むと思うな」

彼の後ろでニール副隊長が苦笑いしている。

「昨日、街で出会った女の子とデートだったらしいんだ。けど、書類が来なかったせいでずっと待ちぼうけをくっていたらしい」

嘘でしょ。マリウス隊長に恋する女の子なんていたんだ。

「今、何か失礼なことを考えているだろ」

「いえ、全く」

マリウス隊長の言葉に私は即答する。

「どうしてくれるんだよ！」

さっきまでの怒りは消えたのか、少し涙目でマリウス隊長が私を見つめる。

「もう一度、デートに誘ってみては？」

「それが出来たら苦労しねえよ。絶対怒っているだろうし」

「花束を贈ってみるのはいかがですか？」

「ハナタバ？」

「はい。花をもらって嫌な気持ちになる女の子なんていないですよ。その女の子が本当に隊長のことが好きだったら成功します」

私はニコッと笑う。マリウス隊長は一瞬で立ち直ったのか「そうか！」と言って、どこかへと去っていった。

きっと花を買いに行ったのだろう。頭で考えるよりも体が先に動くタイプね。

残されたニール副隊長と目が合う。

「第一王子のところへ派遣されてから忙しそうだな」

「忙しいけど、楽しいです」

「……それは良かった。こっちはリアがいなくなって、みんな寂しがっていたぞ」

「そうですか」

「前に部隊を作ると言っていたが、それはどうなったんだ？」

そう言えば、ヴィクターの前でそんなことを言ったのを思い出す。

「良き人材に出会えていないので」

「うちに少し厄介な奴が二人来たんだが、僕らの手には余っていてな。どうだ？　面倒みてみるか？」

「私が？」

「ああ。お前はまだこの部隊に入って日は浅いが、実力はある」

褒めてもらえたことが素直に嬉しかった。ヴィクター直属の最強部隊副隊長に褒められるなんて。

「その二人に会わせてください」

私は力強くお願いした。

ニール副隊長に連れられて薄気味悪い地下の牢獄へと案内される。

地面は湿っていて、水たまりなどもある。そこを鼠がシュッと駆け抜けたのが見えた。

……もしかして、私に罪人を押しつけようとしているとか？

昨日はおじい様の美しい部屋で楽しんだのに、今は臭くて汚い牢獄にいる。

「もし、私の手に負えない場合、その人達はどうなるのですか？」

「殺すしかないだろうな」

ニール副隊長は低い声で答えた。人の命の価値は皆平等であるけれど、立場によってその重みは変わってしまう。

「ここだ」

彼の声と共に私はその場で足を止める。ピチャッと足元で音がする。丁度、足が水たまりに入った。

けど、今はそんなことを気にしている場合じゃない。太い鉄の柵で閉じ込められている二人を見つめる。

……なんて鋭い目。敵意と憎悪しかないじゃない。特に片方の男の子から放たれる殺気には驚かされる。

私と同い年かそれより下ぐらいかしら。ジルと同じぐらいかも。……そう言えば彼も最初は私にこんな目を向けていた時もあったわね。懐かしいわ。

二人は兄弟らしく、兄と思われる方が怯えている弟を抱き締めて私達を睨んでいた。

少し癖のある黒い髪に韓紅色の瞳。歳が離れているように見えるが、顔は二人ともよく似ている。

けど、性格があまりにも表情に出すぎているからか、雰囲気は正反対だ……。ちなみに彼らは褐色肌。しかもデューク様より随分と濃い。

「どこで彼らを見つけたんですか？」

私の言葉にニール副隊長は苦笑する。私を見るその瞳は「お前が一番知っているだろう」と言いたげだ。

「もしかして、闘技場？」

「ああ。正確に言えば、闘技場から脱走した人間を捕まえた、かな」

「褐色肌ってことは……」

「何をそんなに驚いている。メルビン国からも罪人は来るだろ」

当たり前のようにニール副隊長がそう言った。

………確かに。デュルキス国限定で罪人を受けつけてるわけじゃないってことよね。

メルビン国……。それはデューク様のお母様の出身国だ。これまで王妃様が生まれた国のことなんて気にもかけてこなかった。それ以外にすることがたくさんあったから。けれど、今こうして、メルビン国出身の彼らを見ると興味が湧いてきた。

「僕に彼らを預けてくれるのですか？」

ここではしっかりと少年を演じておく。

「ああ。けど、こいつらは相当厄介だぞ。兄だけじゃなくて、弟の方もな」

私はニール副隊長の言葉を聞きながら牢に入っている二人の少年へと視線を向ける。

私に慈悲なんて言葉は似合わない。だから、強くなければいらない。私の部隊は誰でも入れるようなものではないのだ。

「名前は？」

私が聞いても、彼らは全く動じない。兄の方は私から決して目を離さず、物凄い形相で睨んでくる。

魔法学園でもたくさん睨まれていたせいか、こういう目を向けられることが普通になっているので痛くもかゆくもない。

「僕の名前はリアだ。十六歳。君達の年齢は？」

「この国に何の用があったんだ？」

「お腹は減ってる？」

何を尋ねても答えない。あからさまに無視されている。……なら、彼らが一番望むことは。

「解放されたい？」

ようやく兄の眉がピクッと動いたのが分かった。

少し肌寒い牢屋で私は彼らをじっと見つめる。薄着でやせ細っていて、その反抗的な目がロアナ村の住人を思い出させる。

「けど、解放されて、一体どこへ行くの？」

もう一度質問する。兄と思われる少年が、口を開いた。

「国に戻る」

「誰か待ってるの？　君達のこと」

彼の目がさらに鋭くなる。

「自由を与えても逆に困る人間もいるもんな」

そう言って彼らを少し挑発する。

自分とあまり歳の変わらない少年に嘲笑われているなんてイラつくでしょう。

「お前らの下で働くよりましだよ」

「へぇ。じゃあ、どこで働きたいの？　君達を雇ってくれるところなんてないだろう？」

「うっせえ。生きていくためには盗みだってする」

「それで捕まったんじゃないの？　弟が一人ぼっちになって行き倒れるかもしれないのに？」

「そんなヘマしねえよ」

弟のことに触れられて癪に障ったのか、彼は声を荒らげる。彼の腕の中で弟がキュッと目を瞑った。

「一生盗みで生活していくくらいなら、僕の下についた方がまともな生活が出来るよ。それとも能力がないから、ここでは働けないってこと？」

私は彼らを馬鹿にするようにニヤッと笑みを浮かべる。

「てめぇ」

少年は弟から手を離すと、柵越しに私の胸ぐらを勢いよく掴んだ。

ニール副隊長は「おい」と彼の方へと近づくが、彼はそちらに目もくれず私を睨みつける。

「お前は何もかもなくしたことがあるのかよ。家族も地位も名誉も何もかも全て奪い取られたことがあるのかよ。見えてねえなんて言わせない。俺のこの顔を絶対覚えておけ。この復讐を誓った顔を忘れるな。俺はここから出て、国に戻るんだ」

切羽詰まった表情で彼は叫んだ。

「復讐したいのなら、僕が鍛えてやろうか？」

「は？」

少年は怪訝そうな表情を浮かべ、私の胸ぐらを掴んでいる力が弱まる。

「まぁ、見込み違いだったら僕から捨てるけど」

「自分より弱そうな人間に鍛えられるなんて馬鹿馬鹿しい。それに復讐のために手を貸すなんてそんな甘い話に乗るわけねえだろ」

そう言って彼は私から手を離し、弟の元へと戻る。

「……ニール副隊長、少し彼らと僕だけにさせてもらっても良いでしょうか？」

ニール副隊長は私の提案に「分かった」と頷き、その場を去った。

「お前もとっとと出て行けよ」

口が減らないわね。簡単に人を信じないのはいいことだけど、彼の場合、それは今まで大勢の人間に騙されてきたからだろう。

あれから粘り強く交渉したけど、少年はその後一度として口を開くことはなかった。

全く彼らを懐柔出来ず、私は地下牢から離れる。悪女としては完全敗北よ。まさかこんな屈辱を味わう日が来るだなんてね。……そろそろヴィアンのところへ行かないと。もう、すでに遅刻だけど。

私が早足で王宮内を歩いていると、ヴィクターが物凄い形相で近づいてきた。

……え、なに⁉　どうしてそんなに怒ってるのよ。

反射的に私はクルッと向きを変えて、来た道を引き返す。

「おい、待て！」

ヴィクターの声が廊下に響き、彼の靴音がどんどん近づいてくるのが分かる。

「どうして追いかけてくるんですか！」

「どうして逃げんだよ」

「顔が怖いからですよ！」

私は振り向きながら声を上げる。だが、あっという間に彼に捕まってしまった。思い切り腕を握られる。

「なんなんですか？」

「お前、もう約束を忘れたのかよ」

約束なんてヴィクターとした記憶がない。私は訳が分からず首を傾げてしまう。彼は盛大にため息をつく。

「ここ最近ずっと、小屋で寝ているだろう」

「はい」

「はい、じゃねえよ。俺の部屋で寝るって話をもう忘れたのか」

「あ！」

そう言えば、そんな話をしていた。ヴィアンの仕事が忙しくて毎日ヘロヘロで、頭から抜けてしまっていた。

「忙しくて。ひとまずヴィアン王子のところに派遣されている間は無理です」

「……あいつに関して何か分かったか？」

急に真面目な顔をしてヴィクターが訊いてくる。私は少し考えた後、口を開いた。

「彼は……、ちょっと引くぐらいの」

「引くぐらいの？」

「仕事量をこなしています」

その言葉にヴィクターは面食らったようだ。

「あの量を一人でこなしているなんて、本当に優秀な人です」

全て言い終える前に、彼は私の腕をとてつもない力で握る。間違いなく痣が出来るぐらいの強さだ。

「次、あいつを褒めたりなんかしたら、この腕をへし折るぞ」

……どうしてヴィアンのことになるとそんなに短気なのよ。

私は勢いに任せて彼のつま先を思い切り踏む。グッと彼が痛がっているところにジャンプして、上からかかと落とし。

ヴィクターがべしゃりと倒れ込む。私はしゃがみ込み、彼の顔を覗いた。

レディを丁重に扱わないからこんな目に遭うのよ。当然の報いだわ。

「勝手にヴィアン王子の元に送り込んでおいて、彼に対する正当な評価をしたらキレるなんて、本当にガキ」

私は言いたいことだけ言って、倒れているヴィクターを無視してヴィアンの部屋へと向かった。

後で相当な罰が待っているかもしれないけど、もう知らない！

コンコンッとヴィアンの部屋の扉を叩く。

「誰？」

「リアです」

返事がない。どうしたのかと思った瞬間、勢いよく扉が開いた。ぶつからないように私は軽く避ける。

「遅いわ！」

不機嫌そうな顔をしたヴィアンに部屋へと入れてもらい、暫くの間彼から説教を受ける羽目になった。

目に巻いている布は外して、と言われたのでその通りにし、美しい顔を拝みながらしこたま怒られた。

「これからは遅刻するならちゃんと言ってちょうだい！　心配するじゃない」

さっきヴィクターに会ったばっかりだからか、ヴィアンがとても良い人に見えるわ。

私は素直に「ごめんなさい」と謝る。

「もう、いいわよ。怪我や病気じゃないって分かっただけ安心だわ」

「ありがとう、ヴィヴィアン～」

私は思わずヴィアンに抱きつく。

今まで私には友達がいなかった。ヴィアンは友達っていうより姐さんって感じかしら。デュルキス国ではこんな私を絶対に見せることはない。

「……あ、そうだ、仕事は？」

私はハッとして、彼の方へと顔を向ける。

「終わったわよ。……というか、貴女が派遣されて来た時が一番忙しかったのよ。それに、弟の部下だったから少し意地悪して仕事を倍以上渡していたの。ごめんなさいね」

……道理であんなに多かったわけね。

「大変な仕事も終わったことだし、今から街に出かけない？」

ヴィアンはキラキラとした笑みを私に向ける。そんな瞳を向けられたら断れないじゃない。私は押しに負けて、頷く。

「そうと決まれば、着替えなくっちゃね！」

「何に？」

「ドレスに決まってるでしょ」

楽しそうにヴィアンは言った。

確かに第一王子のまま街に出かけるのは危険だけど、女装したヴィアンも間違いなく目立つ。こんな美人なかなかいない。

「ほら、貴女も選びに行くわよ」

「え、私も？」

「当たり前じゃない。ウィッグもたくさんあるから髪が短くても大丈夫よ！」

「そういう問題じゃなくて、ちょっ」

聞く耳を持たず、強引にヴィアンは私の手を引っ張る。

ヴィアンは鼻歌を歌いながら、部屋の奥にある扉の鍵を開けて、そのまま私を中へと連れ込んだ。

中は今まで見たことないぐらいの大きなクローゼットだった。

色とりどりの大量のドレスに、様々な形のウィッグがたくさん並んでいる。これを全部売ればお城一つは買えるだろうと思うぐらいの大量のアクセサリー類。細部まで凝って作られた多くのヒール靴。

それらが見事に並べられている。まるでお店に来たみたいだ。

私は呆けたまま、部屋の中を見回る。レース、宝石、生地、全てが最高級のものだ。

煌めく宝石箱の中に入った気分だわ。

「けど、これ、全部ヴィヴィアンのサイズよね？」

「ええ、けど、幼い頃に集めていたものもあるから、アリシア用のサイズもあるわよ」

彼は自信満々に答えた。

「これも似合うんじゃない？」

「あ、でもこのブルーのドレスも捨てがたいわね」

「それともこっちかしら」

ヴィアンが私の前にドレスを並べて吟味する。私は口を挟まず、ただ彼の言う通りにされるがままだ。

そうして何着ほど着替えただろう。

……仕事はあんなに早いのに、ドレスを決めることに関してはこんなにも時間がかかるのね。

「アリシア自身は何色のドレスを着たいの？」

「私は……、黒かしら」

「黒ね。確かに気品のある黒は貴女に似合うわ。強い女は大概黒か赤を選ぶのよ」

「何その胡散臭い情報。どこ調べなのよ」

「勿論、私調べよ！」

彼が嬉しそうに言って、大量にあるドレスのなかからラメの入った黒のシンプルで大人っぽいドレスを取り出した。

……これを幼い頃に着てたの⁉　まぁ、ヴィアンなら間違いなく似合うだろうけど。

私は渡されたドレスの生地にゆっくりと触れる。

柔らかく、最高級の生地だということがすぐに分かる。

「そのドレスはアリシアに絶対に似合うと思うわ」

ヴィアンは私に笑顔を向ける。

本当にドレスが好きなのね。……私が出会ってきたどの女の子よりも美意識が高いわ。

「ヴィヴィアンは何色にするの？」

「そうね………どうせなら、私に似合うドレスを貴女に選んでほしいわ！　今日の外出はアリシアのセンスに全て任せる」

急に難題出してこないで……。

決してセンスがないわけではない。ただ、ヴィアン相手っていうのがね。

プロを前にして素人があまりしゃしゃり出ない方がいい……って、あれ？

悪女ならどんどん前に出ないといけないのに！

ヴィアンといるとそんな気持ちがいつの間にかなくなっていた。悪女は常に目標であり、それが揺らぐことはないけど、彼は何か違う。

戦友？　というのが、正しいのかしら。

「何をそんなに考え込んでいるの？」

黄緑色のガラス玉のような瞳がじっと私を見つめている。

「何でもないわ。ヴィヴィアンに似合うドレスを考えていただけよ」

こうなったら、彼に最も似合うドレスを探し出してみせる。

悪女は常に自分が納得して、満足出来る答えを見つけ出すのだから。

私はたくさんのドレスのなかからいくつかに絞り、彼の前にドレスを持ち上げて合わせる。

……正直、ヴィアンはどのドレスでも似合うのよね。

だから、選ぶのが大変だ。私は何着か試した後、ついに見つけた。

「これだわ」

誰も文句が言えないぐらい美しく、ヴィアンの良さを引き出してくれるドレス。

それはフリルやリボンなどが一切ない、無地の真っ赤なロングドレスだ。少しタイトだが、ストレッチ生地だから着心地も良いと思う。肩が出て、少し男らしさが出てしまうところは、真っ白なファーショールで隠せばいい。

ドレスを決めて、ヴィアンに差し出すと、彼はそのドレスをじっと見つめたまま本気？という顔をした。

現在十二歳　ジル

あれからキャザー・リズは学園内を回り、全校生徒に自覚なく魔法を使っていたことを告白した。魔法が解けたとあって、最初は皆嫌悪感を抱いていたが、彼女の真摯に謝る姿を見て、そこまでの大きな混乱にはならなかったようだ。

僕らは黙って彼女の様子を見守った。

自分が犯した過ちに気付くことは出来ても、それを謝るのは難しい。

良い印象を持たれていたのに、わざわざそれを崩すなんてことは誰もしたくない。嫌われることを覚悟で頭を下げる彼女を見ていると、本当に真っすぐ育ったのだと感じる。

キャザー・リズが自分をさらけ出し、生徒会メンバーは全員正常に戻った。ゲイルだけは魔法が解けるのに少し時間がかかったけれど。

彼もキャザー・リズへの信仰心が強い者の一人だった。

「信じない、俺はそんなこと信じない」

彼は灰色の髪の毛を力強く握りしめる。頭を抱える様子は、まるで行き場を失ったかのようにも見える。

今まで信じて疑わなかったものが突然否定されるのだ。そりゃ、葛藤が生じて当たり前だよね。

「本当にごめんなさい。私を罵ってても殴ってもいいわ」

「殴れるわけないだろ！」

ゲイルの瞳が大きく開く。緊迫した空気が教室に漂い、その場にいた生徒が皆注目する。

きっと、ゲイルが最後までキャザー・リズの魔法にかかっていた人物だろう。

いや、もしかしたらもう魔法は解けているのかもしれない。ただ、認めたくない思いというものがあるのだろう。真面目な人ほど深く悩む。

ゲイルはきっと、魔法にかかる前からキャザー・リズに好意を抱いていたんだろうな。

「ねぇ、デュークがもしアリシアに誘惑の魔法をかけられていたらどうする？」

僕は隣に立っているデュークに訊いてみた。彼は少し驚いた表情を見せたが、すぐにフッと笑った。

「それでもいいいさ」

「……惚れ込んでるね」

「生まれて初めて心を動かされたんだ。……ジルはどうなんだ？」

「もしアリシアに誘惑の魔法をかけられたら……？」

そんなこと考えたこともなかった。アリシアは僕の中で当たり前の存在で、彼女を中心に世界が回っている。

ろう。

誘惑の魔法なしで彼女に魅了されているというのに……。

ただ、たとえこれまでの全部が偽りだったとしても、僕はやっぱり彼女についていくだろう。

だって、彼女は僕を世界に連れ出してくれた人だから。彼女が本当に悪い女の子でも、僕は彼女から離れることなんて出来ない。

「彼女のいない人生なんて存在しないよ」

僕は力強くそう言った。

ゲイルは暫く落ち着いて考えたいと言って、学園を後にした。キャザー・リズはずっと申し訳なさそうに俯いていた。

救っていたつもりが、結果として傷つけてしまうことになったのだ。

もう僕らが出来ることはない。あとは本人達の問題だ。……キャザー・リズの魔法を解いただけでも十分な成果だ。

僕はそんなことを思いながら、デュークと共に王宮へ向かった。

じっちゃんに会いたかった。じっちゃんはあれから国王と一緒に城で暮らしている。もはや彼が王になる日も近いだろう。国王も王の座をじっちゃんに譲ろうとしているし、準備は整ってきている。

五大貴族の当主達も反対はしていない。ただ、僕はあの五大貴族のなかにじっちゃんを陥れた黒幕が潜んでいると疑っている。国王の母親がまだ生きているというのが事実なら、誰か強力な権力を持つ人間が味方しているに違いないからだ。

このタイミングでじっちゃんが国王になることに異議を唱えたら怪しまれるから、賛成したのだろうと僕は睨んでいる。


「兄上!?　大丈夫ですか？」


驚きと焦りが混じる国王の声が、よく磨かれた廊下に響いた。僕はデュークと目を合わせ、声のした方へと走って向かう。

視界に入ってきた光景は、思わず目を疑いたくなるようなものだった。

じっちゃんが、その場に倒れ込んでいた。口の周りと手が血だらけだ。その隣で、顔面蒼白な国王がじっちゃんを支えようとしていた。

……吐血？

「兄上！」

「大丈夫だ。心配するな」

「ですが、これは……」

「自分の体のことだ。わしが一番理解している」

僕はその場から一歩も動けなかった。声すらも出すことが出来ない。

ただ何も出来ず、目の前の状況を見ていることしか出来なかった。

「侍医に診てもらいましょう」

国王の言葉にじっちゃんは首を横に振る。

「もう遅い。薬で治るようなものじゃないだろう」

息が出来ない。呼吸が乱れるのが分かる。

「誰かいるのか？」

国王のその低い声に僕は息を殺す。デュークが引き留めようとするのも無視してその場を離れた。

どうか僕の大切な人を奪わないでください、と心の中で叫んでいた。


その日は一日眠れなかった。

じっちゃんがこの世からいなくなるかもなんて考えたくない。けど、そんな弱音を吐いていちゃいけないんだ。

アリシアに怒られちゃう。現実と向き合わないと。

今逃げても、後で後悔するだけだ。じっちゃんがどういう状態なのか把握して、出来るだけ僕も力にならないといけない。

もしかしたら、僕の思い過ごしで、ただの疲労から来た吐血だったかもしれない。

僕が勝手に死と結びつけただけだ。真相はじっちゃんに聞くまでは何も分からない。

覚悟を決めて、僕は再び、王城へと向かった。

少しひんやりとした空気。朝日が昇り始めてきたばかりだ。鉛白色に漂う朱色の光。

こんなに良い朝なのに、僕の心は重たかった。


じっちゃんの部屋の前に着き、大きく息を吸う。

いつもなら簡単に扉を叩くのに、今日は緊張する。心臓の鼓動が速くなっていくのが分かる。

大丈夫、きっと悪い知らせなんかない。だって、こんなにも順調に良いことが続いているのだから。

気を引き締めてコンコンッと扉を叩く。

「誰だ？」

じっちゃんの声が聞こえる。それだけで僕は安心してしまう。

「ジルだよ」

「ジルか。こんな朝早くからどうしたんだ？」

そう言って、彼は扉を開けてくれる。

いつもの優しそうなじっちゃんだ。僕は彼の左の目を見つめる。この黄金の瞳を見ていると、アリシアから勇気をもらえるようだ。

「少し聞きたいことがあって」

「まぁ、中に入りなさい」

僕はじっちゃんの前ではうまく表情を隠せない。彼は僕の様子がおかしいことにすぐに気付いただろう。

部屋の中は綺麗に片付けられていて、机にはたくさんの書類が並べてあった。

ロアナ村から戻ってこんなにすぐ仕事をするなんて。こんなにも国のことを考えている人がいなくなってしまうなんてありえないよね？

「何があったんだ？」

じっちゃんは椅子に腰を下ろして、僕に優しく尋ねた。じっちゃんのこの穏やかな口調が好きだ。

少し躊躇ってから、口を開く。

「じっちゃんは病気なの？」

少し声が震えたのが分かった。じっちゃんは僕の質問に少し困った表情を浮かべる。

この反応は良くない知らせだ。僕は直感でそれを察した。

窓からは心地いいひんやりとした風が入ってくる。

「正直に答えて」

何も言わないじっちゃんに、僕はもう一度言葉を発する。

「ああ、病気だ。……昨日、あの場にジルもいたのか」

「……死んじゃうの？」

「いや、まだ死にはしない。だが、いつかは死を迎える。人間には必ず死が来る。こればかりは覆すことの出来ない世の理だ」

「死んじゃやだよ」

僕は感情が抑えきれず泣きそうになってしまう。アリシアが旅立ってから、泣かないって決めたのに……。

けど、これればかりは自力では止められそうにない。

「ジル、わしはまだ大丈夫だ。そう簡単にくたばらんよ」

「本当に？」

じっちゃんは笑顔で頷く。

けど、僕には分かった。それはじっちゃんが僕を安心させるためについた優しい嘘であることを。

「わしにはこの国を立て直すという大きな仕事がある。……だが、もし全てを終えたら、その時は、わしを休憩させてくれるか？」

じっちゃんの言葉に僕は頷くことが出来なかった。彼がいなくなる可能性なんて微塵も残したくない。

……でも、それがじっちゃんの運命なら従うしかない。僕がとやかく言うことなんて出来ないんだ。

「分かった」

僕は涙をグッとこらえて答えた。

じっちゃんは「ありがとう」と言って、僕の頭を優しく撫でる。

いつか、このじっちゃんのごつごつとした大きな手に撫でられることもなくなると思うと心が張り裂けそうになる。

それでも、今は前を向かないと。じっちゃんが生きている限り僕は全力を尽くすんだ。

「アリシアには伝えないの？」

「……アリシアは聡い子だから、そのうち気付くかもしれない」

そう言って、じっちゃんは窓の外を眺める。

ラヴァール国にいるアリシアのことを誰もが想っている。無意識のごとく、皆アリシアのことが頭から離れない。

キャザー・リズだってそうだ。結局はずっとアリシアに縛られていた。

「だが、彼女はわしのためにここに戻ることはないだろう」

「どうして？」

「わしがそれを望んでいないことを誰よりも知っているからな」

フッと優しく目を細めてじっちゃんは笑う。愛おしい孫に向けるような表情だ。

「けど、あのアリシアだよ？　情に厚い彼女が帰ってこないわけ」

「帰ってこないさ」

僕の言葉に被せるように、じっちゃんははっきりと言った。

どうしてそこまで言いきれるのかが僕には分からない。

彼女はじっちゃんを誰よりも尊敬しているはずだ。彼女にとっての恩人のような人物だ。

アリシアはじっちゃんの元へ絶対に戻ってくる。だって、そういう人だもん。

もしかしたら、彼女ならじっちゃんを救ってくれるかもしれない。この病気を治せるかもしれない。

僕は微かな希望を抱く。

すると僕の考えていることを察したのか、じっちゃんは口を開いた。

「ジル、アリシアは確かに聖女かもしれない。だが、聖女だからといって何もかも出来るわけじゃない。死にゆく人間を救うことは出来ない」

「で、でも」

「アリシアは自分のすべきことを分かっている。私に構っている場合ではない。もう私が彼女にしてやれることはない」

「そんなことないよ！　それに僕はまだまだじっちゃんに教えてほしいことがたくさんあるよ」

「ジルにはもう私は必要ない。周りを見るんだ。アリシアだけじゃない、デュークやヘンリ、信頼出来る人間がたくさんいるだろう？」

もうすぐ本当にあの世へと逝ってしまうような気がした。僕とのお別れの会話みたいに聞こえる。

……大丈夫、まだ死なない。じっちゃんは自分の仕事を成し遂げるまで決していなくならない。

僕は必死に自分にそう言い聞かせる。

「それにしても面白い人生だった」

じっちゃんの瞳に高く昇ってきた朝日が映る。僕はただ黙って、彼の話を聞いた。

「魔力がなくなり、両目を奪われ、ロアナ村に流されることも、その後、アリシアという存在に出会い、ジルという子どもを育て、ロアナ村を立て直し、王宮に戻ることになるなんてことも全く想像出来なかった。アリシアやジルに出会えたおかげで、もう一度生きてみようという決心がついた」

「生きる？」

「人の生きるという定義は極めて難しい。呼吸して手足を動かすことが出来たら生きるということなのか？　それとも、目標を定め、そこへ向かって無我夢中になっている時が生きるということか？　面白いことに人によって生きるの定義は違う。ある人物は、恋愛することに生きる意味を見出しているかもしれないし、ある人物は働くことに生きる意味を見出しているかもしれない」

じっちゃんの言葉に僕は少し考える。

僕という人物はあのロアナ村では死んでいた。アリシアに出会うまでずっと死んでいたんだ。

じっちゃんもきっとそうだろう。ロアナ村へと追放になった時は全て諦めたはずだ。あそこは人間の『生きる』という概念を奪うところだ。

少し前まで皆、ただ死を待っていた。

「本来ならわしはあそこであのまま死ぬ予定だった。だから、最初にアリシアにロアナ村を出ないかと聞かれた時に断ったのだ。ここに戻って来られても、もうわしに出来ることは何もないと思っていた」

「……あの時、もうすでに病気だったの？」

声が少しかすれる。

これまでのじっちゃんは元気だった。……なんなら、今も元気そうに見える。弱った様子など微塵も感じられない。

じっちゃんが服をまくって、腕を僕の方に向けた。途端、思考が停止した。何も考えられないし、何も言葉が出てこない。

……緑の斑点。

腕に見られる進行状態だけで、彼の余命を察する。

さっきまでじっちゃんが死ぬだなんて実感出来なかったのに、今は全身で理解してしまっている。

「ドッテン病？」

「ああ、そうだ。伝染るわけではないから安心しなさい」

安心なんて出来るわけない。じっちゃんを支えると誓ったけど、もうすでにその誓いが崩れてしまいそうだ。

人間の心はどうしてこんなにも脆いのだろう。どうしたら強くなれるのだろう。

死というものを実感するのは、自分の死ではなく、他人の死だからこそなのだ。僕が死んでも僕は困らないし、何とも思わない。だって、僕が死んだ後のことなんて僕には関係ないのだから。

でも、じっちゃんが死んだら？　僕らはどうなっちゃうの？

「どうして？　どうしてじっちゃんが？　この国じゃ、その病気の人はほとんどいないはずなのに！　なんでじっちゃんがその病気にかかるんだよ。こんなのあまりに惨すぎる」

泣かないように我慢していたけど、溢れ出す涙を止めることは無理だった。まだじっちゃんは生きているのに。

じっちゃんは申し訳なさそうな顔で僕を見る。

そんな顔しないでほしい。いつもみたいに「大丈夫だ」って笑ってほしい。

家族、親戚、友人、恋人、その死が僕らの心を一番苦しめるのだ。確かに死ぬのは怖い。

でも、愛する者の死は——もっと怖い。

「これがわしのさだめなんだ」

「そんな運命、僕がぶっ壊してやる。マディと同じ成分の薬を作ってみせる。だから、お願いだから死なないで！　僕の寿命をあげるから、死なないで」

僕は小さな子どものように泣き叫ぶ。

「もし薬が見つかっても、今のわしの容態じゃ、もう手遅れだろう。たとえ、マディを手に入れても無意味だ」

「まだ試してもいないのに分からないじゃないか！　……キャザー・リズ、そうだ彼女ならじっちゃんを救えるかもしれない！」

「ジル、私の話を聞きなさい」

「僕、行ってくる！」

そう言って、無理やり部屋を出た。

失礼だと分かっているけど、これ以上あの部屋にいられなかった。希望を全て否定されたら、僕はもう立ち上がれなくなってしまう。

僕が勢いよく扉を開けたのと同時に国王にぶつかりそうになった。

彼の深い青色の瞳に僕が映る。僕は挨拶(あいさつ)もせず、その場を走り去った。

「ジルが来ていたのですか？」

ルークはウィルの部屋に入り、そう尋ねた。ウィルは苦笑(くしょう)しながら答える。

「ああ。病気のことを話したのだが、まだジルには受け入れられなかったようだ」

「兄上をとても慕(した)っていますからね。それに彼は大人っぽく見えますがまだ子ども。……私だって、兄上がまたいなくなるなんて耐(た)えられません」

「わしは愛されているな」

ウィルは切なそうに微笑(ほほえ)む。その笑顔がルークの心をより締めつけた。

尊敬していた兄にもう一度会えた喜びを一瞬(いっしゅん)にして奪われる。今度こそ兄を救えると思ったルークの心はとても複雑だ。

「わしの役目はとうに終わっていたんだ。この命が燃え尽きてしまう前に、ジルを必ずロアナ村から出す。それが、わしが自分に課した役目だった」

ウィルの言葉にルークは目を大きく開く。

ジル一人のために人生をかけていたということが信じられないようだ。アリシアの良き先生となることでも、ロアナ村のリーダーになることでもない。ただ一人の少年、ジルのために生きていた。

ウィルにとって、ロアナ村で見つけた唯一の生きる目標だったのだろう。

「ジルはあんなところにいるような人材ではない。家族のいない彼は、あの残酷な世界では師となる人間が必要だった。だが、わし一人の力では外に出せないことは分かっていた。デュークがわしに貴族令嬢が会いに来るということを知らせてきた日、わしはジルをロアナ村から解放してやれるチャンスかもしれないと思った。実際、アリシアが来てからジルがロアナ村を去るのはあっという間だった。……本当に彼女は凄いな」

ウィルは嬉しそうに顔を綻ばせる。ルークは彼のその満足そうな笑みに何も言葉が出てこなかった。

ただ、誰よりもジルを愛していたのは、ウィルだったのかもしれない……と思うのだった。

僕はキャザー・リズに会うために、魔法学園へと足を運んだ。

全属性の魔法を扱える彼女だ。奇跡を起こしてくれるかもしれない。

こんな時だけ彼女を頼るなんて、自分でも最低だと思う。けど、そんなプライドさえ捨てられるぐらい僕はじっちゃんを救いたかった。

一緒に来てくれたデュークには何も言わなかったが、僕の様子で何かあったことは勘づいているだろう。

冷静でなんかいられない。キャザー・リズに会って、安心したい。「出来ないことなんてない」って綺麗事は大嫌いだけど、今だけはそう言ってもらいたい。

デュークは黙って僕の様子を見ていた。きっと、僕が言うまで彼は何も聞かない。デュークはそういう人だ。

だからこそ、彼と一緒にいるのは心地いい。

学園に着くと、何やら騒がしかった。生徒達の大きな声が聞こえてくる。

……また何か事件が起きたのか？

デュークと顔を少し見合わせた後、僕らは生徒が集まるところへと足を進めた。

「キャザー・リズは俺達を騙していた！」

「彼女に制裁を！」

「キャザー・リズなんてただの平民だ！」

「ウィリアムズ・アリシアを呼び戻せ！」

何あれ……。

中庭に「ブラックエンジェル」と書かれた鉢巻をして、物凄い形相をした生徒達がいる。

やっぱりあの名前って背筋に悪寒が走るほどダサい。……って今はそういうことじゃない。

きっと、彼らは一部の過激派だろう。アリシア派だった人達がキャザー・リズの告白に憤りを感じたってとこかな。

やっぱり平和に解決出来る話でもなかったか。正直に謝れば全てが丸く収まるなんて思ってもなかったけど、まさかこんな状況に展開するとは……。

彼らの勢いを見ていると、デモでもするのかな。アリシアは絶対に望んでいないと思うけど。

どうしてこの学園の人間は馬鹿ばっかりなんだ？

もう少し頭を使ってほしい。こんな人間が魔法を使えるって理由だけで権力を持つからこの国はだめになるんだ。

「なんだあれ」

隣でデュークが眉間に皺を寄せて、露骨に嫌な表情をしている。

「アリシア派？　なんだろうけど、ちょっとやりすぎだよね」

「アリシアが見たら、気分を害するだろうな。とっとと片付けるぞ」

デュークは彼らの方へと近づいていく。「だよね」と言って僕も駆け足でデュークの後を追った。

今はキャザー・リズを探すのは後回しにしよう。

「何をしてるんだ？」

デュークの冷たい声で、その場が一瞬にして凍りつく。嫌悪感を露骨に彼らに向けた。

アリシア派がいるのは嬉しいんだけど、こんなことされても不快なだけだもんね。

デュークの様子に怯んだのか、彼らは急におどおどし始める。さっきまでの威勢はどこにいったんだ。

「あ……あの」

しかし彼らの一人が口を開いた瞬間、校舎内で叫び声が聞こえた。

……今度は何!?

僕は校舎の方を振り向く。まるで静かな水族館が、いきなり騒がしい動物園になったみたいだ。

「何が起こったの!?」

「その答えはメルが教えてあげよう！」

僕の疑問に、突然メルが姿を現す。

びっっっくりした。いつも急に目の前に現れるから心臓に悪い。

デュークは慣れているのか、表情一つ変えない。……流石デューク。

「昨日のキャザー・リズ洗脳解除事件をきっかけに、朝からアリシア派とリズ派の派閥が見事に分かれて、学園が大混乱中です！」

キャザー・リズ洗脳解除事件って凄い名前だな。

メルはどこか嬉しそうに話を続けた。

「リズ派は圧倒的に少なくなっちゃったんだけど、それでもリズ様の理想論についていく！ って心を決めた人間もいるんだよね。まぁ、そこまでは想定の範囲内だったでしょ？ ところが！ まさかのアリアリ過激派軍団が結成されちゃったんだよね～」

「どっちにも属さない一般生徒が一番迷惑だな」

デュークの言葉に僕は頷く。

確かにただ魔法の勉強をしに来ている貴族からすれば、過激派集団なんて迷惑でしかない。

それに、リズ派とアリシア派が本格的に多くの人間を巻き込んで対立するのはいいこととは言えない。

デュークはアリシア派といえどもデュルキス国の王子だ。ここは多くの生徒を危険に晒すことなく穏便に済ませたいはず……。

キャザー・リズの気持ちは整ったが、彼女の信者の心は乱れまくったって感じかな。

「そう言えば、アランは？」

「ちゃんと家に届けたよ」

メルは誇らしげにピースサインを僕に向ける。

「まだキャザー・リズのことを想ってるの？」

「ん～、それはないいんじゃないかな。リズはあの後、ウィリアムズ家に行ったみたいだし」

「何しに⁉」

昨日はじっちゃんのことで頭がいっぱいで、キャザー・リズがウィリアムズ家に来たことなんて知らなかった。

「謝罪しに行ったみたいだ」

デュークがメルの代わりに答えてくれる。

キャザー・リズがアリシアの家族に謝罪する理由はあると言えばある。けど、アリシアはそんなこと望まない。

それにこの中庭で騒いでいるアリシア親衛隊を見たら、相当ショックだろうな。

アリシアのいない間に僕らは余計なことをしてしまったのかと自分の中に疑問が浮かび上がる。

「ジルは何も心配するな」

僕の表情を読み取ったのか、デュークは僕の髪をくしゃくしゃっと撫でた。

嬉しさと同時に、自分に対しての悔しさがこみ上げてくる。

もっと賢くならないといけない。もっとアリシアやデュークに近づけるようにならないといけない。

僕らはひとまず校舎の方へと足を進めた。

これ以上、学園内を乱されては困る。ここは勉学に励む場所だ。馬鹿騒ぎをするなら他でやってほしい。

校舎の中は想像よりも騒がしく、リズの素晴らしさについて演説している声が聞こえた。

この様子を見ている限り、まだキャザー・リズは教室に来ていないようだ。

「確かにリズ様は俺達を騙していたのかもしれない！　だが、理想を追い求めてこそ、この世の中は良くなると信じている！」

賛同する多くの声が聞こえる。

確かに希望を捨てずに自分達の気持ちを鼓舞するのは大切なことだ。けど、僕がムカつくのは、何もしてこなかった人間があんな風に他人の尻馬に乗って正義を振りかざしていることだ。

キャザー・リズやアリシアが先陣を切って声を上げるなら分かる。けど、本人不在のところで騒動を起こすのは間違っている。

「賢き者は相手を攻撃する前に、解決策を探す。調和と威嚇をうまく融合させるんだ」

デュークが歩きながらそう呟いた。

「このままでは何も解決しないもんね」

僕が同意すると、「一難去ってまた一難だ～」とメルはため息をついた。

僕らは騒動の場所を避けて、静かな場所へと移動する。

旧図書室はやはりこんな騒がしいなかでも静寂に包まれていた。

僕らはこれからのことについて話し合う。

「どうしよっか～」

「手っ取り早くこの騒動を鎮圧させたいよね」

「皆、国外追放にしちゃう？」

「それだと、相手の国が可哀想だよ」

「けど、ラヴァール国に国外追放されたらアリアリに会えるんだよ⁉　それなら、私、アリアリ過激派軍団に所属するのも悪くないかも！」

「……リズに手を貸してもらおう」

僕とメルのやり取りなどなかったことのようにデュークが提案する。それと同時に、旧図書室の扉が勢いよく開いた。

ヘンリかな？　こんなに急いでどうしたんだろう。

僕は扉の方へと視線を移して仰天した。

そこにはアルバート、ヘンリ、アラン、カーティス、フィン、エリック、ゲイルまでもがいた。そして、キャザー・リズも。

僕はふと思った。

このデュルキス国の物語のなかには二人の主人公がいるのではないかと。

キャザー・リズが物語の中心にいて、それが揺らぐことはないけれど、同時に僕らを動かしているウィリアムズ・アリシアも軸だ。

一夜にして変わった五大貴族のメンバーを黙って見つめる。ゲイルも一晩かけてキャザー・リズの話に折り合いをつけたのだろう。目の下にクマが出来ている。ゲイルは真面目で賢い。だからこそ、納得するまでに葛藤が生じたのだろう。

アランを見る限り、彼も洗脳が解けたように思える。昨日、キャザー・リズがウィリアムズ家まで行った甲斐があったようだ。……誘拐してごめんね。

フィンやカーティスは変わらないが、いつもより瞳に光が宿っている気がした。

キャザー・リズを含め、全員目つきが変わった。こんな表情をした彼らを見るのは初めてだ。

「戻って来た」

僕は見逃さなかった。デュークが口角を上げ、嬉しそうに彼らを見つめている瞬間を。

「おい、ヘンリ、もうちょっとそっちに寄れよ」

「俺はずっとここに座ってたんだよ。アランは床にでも座ってろ」

いつも旧図書室で余裕ある雰囲気で話し合っていたけど、人数が増えたことによって一気に狭く感じられる。

ヘンリとアランが言い争っているのを止めるかのように、アルバートが笑顔で彼らに魔法をかける。

五大貴族なだけあって、アルバートも魔力が強い。一瞬にして、アランとヘンリが宙に浮かぶ。

「これで、座る面積が増えた」

アルバートは僕らの頭上にアランとヘンリを浮かばせたまま、席に着く。

……長男の力は凄いな。

「おい！　アル兄、降ろせよ！」

「アランは分かるけど、俺はおかしいだろ！」

「口を閉じることも出来るけど？」

アルバートは含みのある笑みで言った。

双子がゆえに起こる口喧嘩だと思って黙って聞いていたけど、あのままだと終わる気配がなかったもんね。アルバートがいてくれて助かった。

「なぁ、リズ、助けてくれよ」

アランがキャザー・リズの方を見る。ヘンリが怪訝な表情を浮かべる。

「リズに助けを求めるのか？」

「しょうがねえだろ。このなかでリズが一番魔力強いんだから」

「……それもそうか。なぁ、リズ、助けてくれ」

あっさり納得したな、ヘンリ。確かにキャザー・リズの魔力はアルバートより上かもしれないけど、実際はデュークが一番強いからね？

僕は心の中で呟く。

「はぁ、しょうがないわね」

キャザー・リズは指を鳴らす。それと同時に彼らは近くにあった本棚の上に腰を下ろした。本棚は丈夫に出来ており、揺れることなく、男性二人を支えている。

助けてあげても、一緒の席に座らせてあげないんだ。キャザー・リズってこういう時は大概「可哀想よ、窮屈になってもいいから彼らを座らせてあげましょう」って言うと思っていた。

……完璧な聖女を演じることがずっと精神的に苦痛だったんだろうな。

「それじゃあ、話を進めるか」

デュークが口を開く。一気に場の空気が引き締まる。

貴族は馬鹿ばっかりって批判していた時もあったけど、さすが生徒会のメンバーは違う。

彼らは生まれた時から、しっかりと厳しい教育を受けてきているんだ。

「生徒達の行動を抑制するためにはどうするか、ということよね？」

リズの言葉にデュークは頷く。

「じゃあさ！　落とし穴作戦なんかはどう？」

目をキラキラさせながらメルが提案する。

「「落とし穴？」」

アランとヘンリの言葉が重なる。やっぱり双子だな。

「土魔法の私にお任せあれ！　彼らが騒いでいる所にポカッと穴をあけて、一気に捕まえてみせるよ」

得意げに話すメルに向かって、エリックが口を開く。

「それからどうするんだ？」

「もう二度とうるさくしないよう、力技で言い聞かせたらいいんじゃないかな」

相変わらず笑顔で怖い提案するなあ。恐怖政治みたいなことを言い出す彼女に皆は若干引いているが、彼女はそんなこと気にも留めていない。

そんななか、キャザー・リズが意見する。

「私は、もっと平和的に解決したいわ。具体的な案は今考えられないけど、強制的にやめさせても彼らの怒りを抑えることは出来ないと思うし」

「俺もリズの案に賛成だ」

デュークがキャザー・リズに同意した。メルはチッと軽く舌打ちする。

まさかデュークがリズに賛同するとは思わなかったけど、今回はリズの言っていることも分かる。

武力行使をしても、長続きはしないし、完全に解決出来るわけでもない。

「じゃあ、今からその具体的な案を考えるってことでいいか？」

エリックの言葉に全員が頷く。

この問題は長期戦になるだろう。一時的に騒動を収めたいのであればメルの案で良いと思うけど、そういうわけにはいかない。

僕らは、その後もたくさん話し合ったが、これという解決策は出てこなかった。

ゲイルがどんどん現実的な案を出してくれたが、それらで現在、感情を暴走させている生徒達を抑えることは困難だと思われた。

そして僕は、何の案も口に出来なかった。

正確な判断が出来る思考を取り戻し、魔法を使える貴族が何人もいるのだ。僕がここにいるのは場違いな気がした。

今まで感じたことのない劣等感に包まれる。

結局解決策は見つからず、解散した。ヘンリ達とウィリアムズ家に帰る。

キャザー・リズにじっちゃんの病気を治す方法を聞くのも忘れるぐらいに、僕は自分のことで頭がいっぱいになっていた。

自分の存在価値を見失ったことが、ただただショックだった。

夕食も食べずに僕は図書室に引きこもった。とりあえず、今は一人になりたかった。

魔法が使えない僕は、あそこにいる誰よりも賢くなければならない。幼さを言い訳にしちゃだめだ。

僕は必死に本を読み漁り、膨大な量の知識を頭に詰め込む。

寝る間を惜しんでこんなことをしているなんてアリシアはきっと怒るだろう。

けど、きっと彼女には今の僕の気持ちは理解出来ない。置いていかれることの怖さなんて、僕しか分からない。

アリシアもデュークもじっちゃんも、僕よりずっと先を歩いているんだ。

キャザー・リズがもがいていた理由が分かる。出遅れている分、もっと勉強しないといけない。

この方法が良くないことだと分かっていても、せずにはいられないのだ。

学校に行かずに三日ほど徹夜する日々が続いた。食事はロゼッタが持ってきてくれた。僕に気を遣ってくれているのか「ご無理せずに」という言葉をいつも掛けてくれる。ヘンリ達には一切僕に関わらないよう言付けを頼んだ。

僕が息を抜けるのは、ご飯を食べている間だけ。それ以外は全て勉強に時間を費やす。学園がどうなっているかなんて分からない。けど、派閥騒動については大丈夫。だって、皆が正気に戻ったのだから。

……最低なことを少し考えてしまった。ずっとキャザー・リズの誘惑の魔法がかかったままでも良かったのに、って。そんな馬鹿なことが頭をよぎる。

学園のことはきっと彼らがなんとかしてくれる。だから僕はじっちゃんを助ける薬を開発してみせるんだ。

何とか自分の気持ちを鼓舞して、調べ物に没頭した。

眠気に襲われそうになった時は、歩きながら本を読んだ。一刻も早くじっちゃんの命を助けなければならない。

僕は魔法が使えない。それならその分、頭脳明晰でなければならないんだ。

ある文章が目に留まる。

僕は本を捲る手を止めて、じっくりとそのページを読み込んだ。

「魔法の国、デュルキス国？」

この本によると、魔法を扱うことの出来る国はデュルキス国だけ。それ以外の国は魔法が使えない。ラヴァール国に魔法というものがないことは知っていたけど、まさか他の国もとは思わなかった。

……ということは、デュルキス国以外は、完全なる実力主義？

奴隷から上流階級まで上り詰めた人物の話などが書かれている。魔法があれば貴族である、なんて馬鹿げた定義をしているのはこの国だけだ。

僕はずっとデュルキス国が正しいと思っていたけれど、いざふたを開けてみたら違う。おかしいのはこの国なのかもしれない。

けど、これが正しいなんて証拠はどこにもない。実際本当にデュルキス国以外の国に魔法がないかどうかは分からない。

ラヴァール国はどうなんだ⁉　早くアリシアから色々な話を聞きたい。

僕はありとあらゆるドッテン病の本に目を通す。そして違う本を手に取り、症状を詳しく理解する。次々と僕は新しい本へと手を伸ばした。だがまた別の本を手にしようとした瞬間、あまりの疲労のせいなのか、うまく立てない自分に気付いた。

そして、フラフラとよろめいた後、意識がプツリと途切れた。

「ジル！　おい、ジル！　しっかりしろ！」

ヘンリの大きな声が耳に響く。気だるい。全身に鉛を吊るされたかと思うぐらい体が動かない。

僕はいつの間に眠ってしまったのだろう。

ゆっくりと目を開ける。心配そうに僕を見るヘンリの顔が視界に入ってくる。そのすぐ後ろにデュークが見えた。

ヘンリに抱きかかえられて、何とか僕は体を起こしている状態だ。

「ジル！　大丈夫か？　……とりあえず、この薬を飲め」

ヘンリは薄い水色の液体が入ったコップを僕の口に近づける。慌てている彼に、僕は大丈夫だと伝えたいが、声さえも思うように出ない。

僕はヘロヘロのまま味のしない薬を飲み込む。

「即効性はないが、しばらくすると体力が回復する」

デュークがそう言ったのと同時に、僕は彼らに迷惑をかけたのだと実感する。

「……ごめんなさい」

「何がだ？」

ヘンリは不思議そうな表情を僕に向ける。

「迷惑かけないように勉強してたのに、結局手を煩わせてしまった」

「この馬鹿！　何言ってんだ！」

突然のヘンリの怒鳴り声に僕は目を丸くする。

「お前はまだ子どもなんだ。俺らにたくさん迷惑かけろ。もう少し俺らを頼れ！　なんでそんなに抱え込むんだ。悩む前に俺のところに来い！」

「でも僕は役に立たないんだよ。役に立つからあの村を出ることが出来たのに……。皆に敵わない」

僕の弱々しい声が図書室に響く。少し間があった後、デュークが口を開いた。

「ジルは俺の知っているなかで誰よりも気が利く。聡明で周りをよく見ているからこそ、空気を読める。自分勝手で良いんだ。アリシアのいない寂しさを押し込めて奮闘するのは素晴らしいことだ。何度も言っているが、ジル、俺はお前を頼りにしている。だからこの重みに辛くなったらいつでも弱音を吐け。気持ちをぶつけろ。それで俺達がお前に失望することは絶対にない」

かる。

珍しくデュークが饒舌だ。僕のことをとても心配してくれていたのだということが分かる。

彼らは僕が求めていた言葉をくれる。その言葉を言われるだけで心が軽くなり、こんなにも救われる。

じっちゃんの死が近いことを知って、学園で自分の価値を失って、恐怖と孤独に焦って、潰れてしまうところだった。

アリシア、君が僕に与えてくれた居場所はこんなにも温かかったんだね。

「ありがとう」

僕はそれしか言えなかった。必死に言葉を探したなかで、それしか出てこなかった。

魔法が使えない僕の気持ちは、きっと彼らには一生理解出来ないと思う。それでも、僕を必要としてくれる人がここにいる限り、僕は前に進める。

現在十六歳　ウィリアムズ家長女　アリシア

じっとドレスを見つめて、何も言わないヴィアンに私は声を掛ける。

きっと飛び跳ねて喜ぶと思ったのに、想像していたリアクションと違うわね。

「……どうかしたの？」

「こ……のドレスは、私には似合わないわ」

彼は眉を少し下げて、自信なさそうに呟いた。その言葉に私は驚く。

どう見てもヴィアンのために作られたようなデザインじゃない。ヴィアン以外に誰が着るっていうのよ。

「じゃあ、違うドレスにする？」

「…………アリシアは私にそのドレスが似合うと思うの？」

「え？」

「私にその赤いドレスが似合うと思うの？」

「勿論よ。わざわざ似合わないドレスを渡すほど暇じゃないわよ」

私がそう言うと、ヴィアンは手を伸ばし、ドレスをゆっくりと受け取った。

何をそんなに怯えているのかしら。もしかして、この赤は誰かの血で染めたとか？

……流石にそんなわけないわよね。

「幼い頃、初めて着たドレスが赤い色だったの。それを着た瞬間に魔法をかけられた気分になって、自信が湧いたわ」

ヴィアンは淡々と話し始めた。私は黙って話を聞く。

「けどね、それを使用人に見られてしまったのよ。私が王子だと気付いていても、敬意を払えないぐらい驚いたんでしょうね。露骨に嫌な顔をして、気持ち悪い、って言ったのよ。……悪気がなかったのは分かっているわ。でも、その記憶を消したいのに、あの軽蔑するような視線が忘れられなくて」

こういう時ってなんて声を掛ければいいのかしら……。

というか、絶対似合っていたでしょ！　真っ赤なドレスを着たヴィアンの幼少期なんて想像しただけでにやけちゃうわ。

「ねぇ、そんな使用人が言った言葉より、私の言葉を信じて」

私はヴィアンをしっかりと見つめて言った。彼の美しい黄緑色の瞳に私が映っている。

彼の表情は変わらなかった。私が何を言っても無意味かもしれない。

けど、このままで良いはずがない。

……私は悪女よ。彼を軽々しい言葉で癒すことなんて出来ない。だからこそ、本気で向き合わないと。

「サンチェス・ヴィアンはそんな弱い人間じゃないでしょ」

私は彼の頬を両手で挟む。結構力強く挟んだせいか、バチンッと音が鳴った。

彼は、何が起こったのか分からないという様子で目を丸くする。

「赤いドレスが好きなら、堂々としていなさいよ！　ヴィヴィアンの魅力が分からない人間の言葉に傷ついている場合じゃないわ！　私達は頂点に立つ人間でしょ？」

私達って言っちゃったけれど、ヴィアンも悪女みたいな存在だから良いわよね。

ラヴァール国の第一王子。決して誰にも弱さを見せてはならない立場だ。

それは私も同じ。五大貴族のウィリアムズ家の令嬢として常に強くなくてはならない。

それでも、一人でも本当の自分をさらけ出せる相手がいるというだけで、救われることもある。私には、デュルキス国で身近にたくさんの仲間がいたから、自分を貫くことが出来た。

「今まで、誰もそんな風に真正面からぶつかってきた人はいなかったわ」

ヴィアンはギュッと赤いドレスを胸のあたりで抱き締めながら私を真っすぐ見つめる。

吸い込まれそうな曇りのない瞳。嘘なんて許されないその視線に正々堂々向き合うのだ。

「……ヴィヴィアンに、自分らしく生きてほしくて」

彼の瞳がはっとして、少し潤むのが分かった。ヴィアンでいる時は、決して見せない表情。

本当の彼と出会えたなんて光栄なことだわ。

「アリシアは、良い人ね」

「良い人なんかじゃ……ないわ」

少し言葉に詰まり弱々しくなる。私は良い人なんかじゃない。

けど、いくら悪女になりたい私でも分かる。ヴィアンの生き様を肯定した私は、彼にとって良い人だ。もしかしたら生まれて初めて良いことをしたのかもしれない。

「嬉しくなさそうね」

「私、良い人になりたいなんて思ったことないの。ただ……」

「無自覚って本当に罪よね」

「え？」

ヴィアンが小さく発した声を聞き取れなかった。

「いえ、何でもないわ。……厳しさや強さのなかに優しさがある。それに気付ける人間はわずか。気付いた時にはもう遅いこともある。国民は国外追放されてきた貴女を悪女と呼ぶかもしれない。けど、それは表面的なもの。本当の悪はもっと根深く、我々を欺こうとするものよ」

……あら、ラヴァール国の王子に私は悪女じゃないって言われてしまったわ。

まぁ、デュルキス国では私は極悪令嬢ってことになっているからいいかしら。ここでは、男の子のふりをしないといけないし。

「本当の悪をこの国で学ぶべきかしら……。そしたら、さらにグレードアップして帰国できるわね」

私の言葉にヴィアンが顔をしかめる。

「何を言ってるのよ。貴女は貴女の信念を貫きなさい。……アリシアはいつも輝いているんだもの。羨ましいわ」

「ヴィヴィアン〜〜！」

私は再びヴィアンに抱きつく。彼は「もう、しょうがない子ね」と言いながら頭を優しく撫でてくれた。居心地がいい。

「さぁ、早く着替えて街へ行きましょ！」

ヴィアンのいつもより高い声が部屋に響く。

私達はドレスに着替える。アクセサリーをつけるのはヴィアンが手伝ってくれた。慣れた手つきで彼はイヤリングを自分の耳につける。その仕草がとても色っぽくて、つい見惚れてしまう。

「何よ？」

「私もそんな色気を出せるようになりたいわ」

ヴィアンは私の胸元へと視線を落とす。言いたいことは一瞬で理解出来た。たちまち顔が赤くなる。

「……ちょっと！　しょうがないでしょ！　私は標準よ！　皆が大きすぎるのよ！」

「男装ってバレにくくていいんじゃない？」

どんなフォローなのよ。

今まで誰にも突っ込まれたことはなかったけれど、私は別に小さくはない。ただ、私のライバルのリズさん。彼女がかなり大きいだけなのよ。流石乙女ゲームのヒロインだわ。

「じゃあ、ヴィヴィアンの考える色気って何よ」

「内面から湧き出るもの。人を惹きつける逆境で咲き誇る花のような……まさに貴女ね」

彼はそう即答した。

……今、私って言った？

「行くわよ」

「え、ちょっと……」

聞き返す間もなく、ヴィアンに連れられるまま外に出て、難なく馬車に乗ることが出来た。きっと、御者に私達はどこかの令嬢だと思われている。装飾品が高価なものであることは一目で分かるものね。

私は目の前で姿勢良く座っているヴィアンに目を向ける。

……彼は着替えてから、自分の姿を一切見なかった。

こんなに美しいのにもったいない。

「何か私の顔についてる?」

まじまじと見つめすぎてしまった。彼が訝しげな表情を浮かべる。

「目と鼻と口がついているわ」

「そういうことを聞いているんじゃないわよ」

「……どうして着飾った自分を見ないの?」

私の質問にヴィアンは口を閉ざす。荒い道のせいか、ガタッと馬車が揺れる。

それと同時にヴィアンが何か言葉を発した。本人は私に聞こえていないと思ったのだろうけど、私はしっかりとこの耳で彼の言葉を聞いた。「私は後でいいのよ」って。

どういうこと……?　自分よりも先に誰かに見てもらいたいってこと?

これって触れても良いのかしら。けど、ヴィアンは私に聞こえないように言ったつもりだろうし。

暫く馬車の中で沈黙が続いた。ヴィアンはずっと外を眺めながら何か考えているように思えた。

だんだん町へと近づいて来た時に、彼がゆっくりと口を開いた。

「ドレスを仕立ててもらう時になんて言って注文していると思う?」

……考えてもみなかったわ。ヴィアンの骨格に合うようにドレスを作るのは難しい。

ちゃんと採寸しないといけないはず……。

言葉に詰まっている私の様子を察したのか、彼は話を続けた。

「小さい頃は女性用のドレスでも入ったのよ。でも、体が成長していくにつれて女性用のドレスでは入らなくなっていった。だから街に出て、ドレスデザイナーに交渉しに行ったの」

「ヴィヴィアン自ら足を運んだの？」

「そうよ。……そこである人に出会ったの。その人は人間として最低だったけど、私に最高のドレスを作ってくれた。私、ドレスを愛する人に悪い人はいないって思っているのよ」

ヴィアンは嬉しそうに話をする。

「人間としてどう最低だったの？」

「……非難はしなかったけれど、私がドレスを着ている姿を一度も見てくれなかった。理由を聞いたら、私のドレス姿に興味はないからって。自分が作ったドレスは最高の仕上がりだから似合わないはずないって思っているのか、ただ口に出さないだけで男のドレス姿なんて気持ち悪くて見たくなかったのか……。だから、私は私が一番綺麗だと思う格好をしてあいつの前に現れてやる。それまでは自分で自分を見ない」

馬車の窓にヴィアンの顔が反射する。そこには、切羽詰まった彼の表情が映っている。

「もし拒絶されたらって思うと怖い？」

彼は視線を私の方へと向けた。目がしっかりと合う。

「…………そうだとしたら？」

ヴィアンが私を不愉快そうに睨む。私はニコッと微笑んだ。

「早くその人物に会って、ヴィヴィアンの美しさに腰を抜かしてもらわないとね」

ヴィアンは面食らった表情を私に向ける。

「私は目の前にいる至高の赤い宝石を、そのデザイナーよりもヴィヴィアン自身に見てほしいのよ」

一呼吸置いた後に、ヴィアンは顔を綻ばせた。

「あ～もう、アリシアには敵わないわね」

目的地に着き、馬車が緩やかに停車する。

私が先に馬車から降りて、安全を確認した後、ヴィアンが馬車から降りてくる。

いくら女装してマントを着ているといっても、ヴィアンはラヴァール国の第一王子。常に護衛しなければならない。私一人でも彼を守ってみせる。

まぁ、今回は危険な外出にはならないと思うけれど……。

ヴィアンは馬車から降りてくるなり、店の前でじっと立ち止まる。

薄いクリーム色の建物に、細い文字で『リルトン』と書かれたピンク色の看板。センスのいいお洒落なお店だ。

私が扉を開けようとするとヴィアンが小さな声で私の名前を呼んだ。

「アリシア、私が開けるわ」

ヴィアンの覚悟を決めた表情を見て、私は彼に前を譲った。

彼は扉をグッと引く。カラカランッと鈴が鳴る。フローラルの柔らかな匂いが漂う。店内は可愛らしくてとても高級感があった。優美なマダムが通っていそうだわ。

「いらっしゃいませ～」

店の奥から背が高く、身なりの整った女性がコツコツとヒールを鳴らしながら歩いてくる。

背筋が伸び、歩き方が洗練されていて、流石一流の店って感じね。

「何かお探しでしょうか？」

その女性はニコッと営業スマイルを私達に向ける。

「ベンに会いに来たの」

ヴィアンの言葉に女性店員は一瞬躊躇った顔をしたが、すぐに口を開いた。

「申し訳ございません。店長と会うことは」

女性店員の言葉を遮るように、ヴィアンは持っていたカードを彼女の顔前に突きつけた。

人差し指と中指の間に挟まっている真っ黒なカードには赤い文字で『リルトン』と書か

れている。

「も、申し訳ございません！　今すぐベン様のお部屋へとご案内します」

……ブラックカードって、前の世界でいうＶＩＰ会員的なものかしら。

まぁ、ヴィアンの立場を考えると大物のお客様扱いになるわよね。だって、王子なんだもの。

私達は女性店員の後について、ベルベットの生地が敷かれている真っ赤な階段を上っていく。

ヒールなんて久しぶりに履いたから、つまずきそうで怖いわ。

女性店員は白い扉の前で立ち止まり、扉をコンコンッと叩く。

「ベン様、お客様です」

「……客？　全く物好きな。通せ」

扉の内側にいる人物はぶっきらぼうな様子でそう答えた。どうやら歓迎はされていないようね。

女性店員は扉をゆっくりと開けて、「どうぞ」と丁寧に案内してくれる。

ヴィアンに続いて、私は部屋の中へと足を踏み入れた。

「一体何用だ？　悪いがこっちは忙し……」

大きなソファに座っている男性が私達の方へ視線を向け、言葉を止めた。彼の前にある背の低い机には溢れんばかりのデザイン画が散らばっている。

歳は七十歳ぐらいかしら。白髪の長い髪を一つにまとめていて、いかつい顔をしたお爺さん。でも身長は高いし、ガタイも良い。

鍛冶職人って言われた方がしっくりくるわ。

私はマントを脱いでお辞儀をする。

「私は……」

あ、自己紹介しようと思ったのに、女性の時の偽名を全く決めていなかったわ。……私の名前って何⁉

突然、隣でバサッとマントが床に落ちる音が聞こえた。

ヴィアンがドレス姿を露わにしたのだ。白い肌に赤いドレスがよく映える。肩幅を隠すために白いファーを巻いているけれど、もともと骨格が華奢だから一見女性に見える。

店長は、ヴィアンを黙って見つめたまま、手に持っていたデザイン画をそっと机の上に置いた。そしてじっとヴィアンの姿を見て、小さな声で「殿下」と口にした。

お互いの間に緊張感のある空気が流れる。私は黙って彼らの様子を見守った。

優しく肌を撫でるような風が窓から入ってくる。ふわりとカーテンが揺れるのと同時にヴィアンの艶のある金髪がサラサラと靡いた。まるで映画のワンシーンみたい。

「どうだ？　お前の作ったドレスを着た私は……、気持ち悪いか？」

ヴィアンの口調は王子そのものだ。一方、店長は口に出さなくとも表情で「そんなわけない」と言っているのが伝わるほど、ヴィアンの言葉に動揺していた。

……これは、どこかでお互いの思い違いがあったってことかしら。

「私のドレス姿に興味ないって昔言っただろ。だが、お前は私以外の客のドレス姿は嬉しそうに見ていた。私に作ったドレスに自信がなかったのか？　それとも、軽蔑はしないという素振りをしておいて、男のドレス姿なんて見られないと思ったのか？」

感情的になるヴィアンを見て、この店長とヴィアンの繋がりは強いのだと理解する。

私が口を挟むようなことじゃないけれど、ヴィアンの今着ているドレスは彼のことを考えて作られたものだということがよく分かる。

暫くの沈黙の後、店長はようやく口を開いた。

「殿下の立場を考えたのです」

「……敬語は不要だ」

「誤解を与えてしまったのは、すまないと思っている。俺は、一人の友人としてヴィアンと接するべきだった。だが、この国の第一王子の本当の姿は一般の民に見せてはならないものだと考えたのだ。俺が浅はかだった。そのせいでヴィアンを傷つけているなどとは考えもしなかった。気持ち悪いだって？　……ヴィアン、お前は世界で一番綺麗だ。俺のドレスを着ているんだぞ」

店長が視線でヴィアンに全身鏡の方を向くように示唆する。

ヴィアンはゆっくりと横を向いて、自分の姿を確認した。

彼の目にはどんな風に映るんだろう。私には気の強そうな女神に見える。

ヴィアンの瞳が散大するのが分かった。静かに店長がヴィアンの方へと歩み寄る。

「どうだ？　美しいだろ？」

ヴィアンは黙って鏡の前に立ち尽くしている。

「……ありがとう」

やがて、ヴィアンは感謝を口にした。店長はその言葉を聞いて、とても満足そうに笑った。素敵な空間が広がる。

「あ、そう言えば！」

急に何か思い出したように店長は私の方を向いた。

「お嬢ちゃんの名は？」

……すっかり忘れていたわ！

「えっと、アリスです」

大変だわ。咄嗟にアリシアから派生させて女性らしい名前にしたけど、どんどん私の偽名が増えていくじゃない。

というか、そもそも別に珍しい名前でもないのだし、普通にアリシアって名乗れば良かったわ……。私って馬鹿なの？

いや、待って。名前がたくさんあるってスパイみたいで格好良いじゃない！

「アリス、良い名前だ。わしはリルトン・ベンだ」

だからこの店の名前が『リルトン』なのね。私もウィリアムズって名前のお店を出したいわ。

「その目の覆いは……まさか、その姿でヴィアンに仕えているのかい？」

「はい。このままでも戦えるので」

私は口角を上げて答える。

「優秀な人材が自然と集まる者か」

その言葉はヴィアンに言っているはずなのに、ベンは真っすぐ私を見て言った。

「そろそろ行くぞ」

ヴィアンがマントを羽織る。

ベンの前だと、ずっとこの喋り方なのね。

ヴィアンに続き、私も扉へと向かうと、いきなりベンに腕を掴まれた。

「褐色肌の少年達の小さい方、ドッテン病の初期症状が出てるぞ」

彼は私の耳元でそう言った。

「どうしてそれを……」

「目を隠しているのにライオンと闘った武勇伝を持つ『少年』とは、お嬢ちゃんのことだろ？」

……あら、私ったら身バレしてるじゃない。いや、本来は女の子だから少年姿の方が偽装なんだけど。

ん？　待って、ライオンと闘ったのは少年のはずなのに、正体までバレてる！

この老人、普通のドレス職人じゃないってこと？　だから、ヴィアンにもこんなに信頼されているのかも。

デュルキス国でいう植物屋のポールさんみたいな立ち位置なのかしら。

「それじゃあ、気をつけてな」

ベンが私の手を離す。

ヴィアンが扉を開けようとして、ふいにベンの方を振り向いた。

「本当の私を作り上げてくれてありがとう、ベン」

なんて幸せそうに笑うのかしら。その微笑みはきっと老若男女問わず、人々を魅了する。それにこの穏やかな口調はヴィヴィアンだ。

ベンの方を横目でちらりと見る。彼はただヴィアンの姿に釘付けになっていた。

きっと、ドレスを作った者として、言われて最も嬉しい言葉よね。

ヴィアンは頭までマントを被り、私達はその場を去った。

馬車に乗り、ベンが言ったことを考える。

褐色肌の少年達の小さい方、ドッテン病の初期症状が出てる……って、まさに私が今日の朝会った子達よね。

ドッテン病の初期症状は……微熱。それと、体に痒みが出てそこに斑点が出来始める。

あの時は、兄の方にばかり気をとられていて、弟の方をよく観察していなかった。

「……ベンに何を言われたの？」

「え？」

ヴィアンが心配そうな表情で私を見つめていた。

「そんな深刻な顔して」

「……ヴィヴィアン、お願いがあるの」

私は一呼吸置いて、真剣な顔で声を出した。ヴィアンは不思議そうに「何？」と首を傾げる。

「ヴィクターの元に暫く戻りたいの」

私はマディを取りに行かないといけない。どれだけ危険であったとしても……。

「彼を王にしたいの？」

「違うわ。ただ、やらないといけないことがあるの。それに、私はラヴァール国の王になるのはどっちでも良いと思ってる。ヴィヴィアン、いえ、ヴィアンにも、そしてヴィクターにもどちらにも王の素質があるから」

　こんなことをヴィクターの前で言ったら、怒られるだろう。

　彼は自分の兄のことを敵対視しているんだもの。執着が凄い。

「アリシアならそう言うだろうと思っていたわ。……戻りたいと言われちゃしょうがないわね。もともと、貴女はヴィクターに仕えていたんだし」

「いいの？」

「いいわよ。私がどうこう言っても、聞かなさそうだし」

「よくお分かりで」

　ふふ、と口元が綻ぶ。彼にこんなに認めてもらえているなんて本当に誇りに思う。

　デュルキス国にいる時は絶対にヒロインのライバルとして悪女になる！　って思って日々を過ごしていたけれど、ここに来てからはそんなことをあまり考えない。

　ある意味、休暇に来たようなものかしら。……国外追放を休暇って言うのも少し変よね。

「痛ッ」

　突然、左目に痛みが走る。激痛じゃないけれど、静電気みたいな痛み。

　少し前から左目がおかしい。ウィルおじいさんに何もなければいいのだけど……。

「どうしたの？」

「ううん、大丈夫。少し目が痛くなっただけ」

「……左目？」

私はこくりと頷く。

「よくあることなの？」

「ううん。大丈夫よ！　少し疲れただけかもしれない」

ヴィアンは疑いの目を私に向けつつも、それ以上言及してこなかった。

そういうところが好きなのよね。ベンが私に言ったことも無理に探ろうとしないし……。

これが良き友情なのかしら。友達も悪くないわね。

外出したからには街をドレス姿で歩きまわるのかと思っていたけれど、ヴィアンはベンに会えたことで満足したようで、このまま王城に帰ることになった。お忍びだしね。

何より私はドッテン病にかかっている少年が心配だった。

とにかく彼の体を冷やしてはいけないわ。あんな不衛生な場所に閉じ込められたら、どんどん症状が悪くなるもの。

私達はこっそりとヴィアンの部屋へと戻った。丁寧にドレスを脱ぎ、いつものリアの格好へと着替える。

ラヴァール国では絶対にドレスなんて着ないと思っていたけれど、思わぬことが起こるものね。

ヴィアンは先に着替えを終えて、残っていた仕事に取りかかっている。ヴィヴィアンからヴィアンへの切り替えは早く、まるで人が変わったようだ。

「これで暫くお別れね」

着替えを終えてヴィアンの側に行くと、彼は寂しそうな表情を浮かべる。

死にに行くわけじゃないのに……。まぁ、でも、命を懸けてマディを探しに行くんだけど。

「短い間ですが、お世話になりました」

私は深くお辞儀をする。

本当にヴィアンと一緒に働けて良かった。彼の仕事ぶりを間近で見ることが出来て、たくさんの刺激をもらった。

ここに来たのはヴィクターの差し金だけど、むしろ彼には感謝しないといけないわね。ヴィアンという素晴らしい人に出会えたのだもの。

「何よ、急に畏まって」

少し困惑するヴィアンの声。私はそっと頭を上げる。黄緑色の瞳と目が合う。

「王子の元で働けたことをとても光栄に思います」

私がそう言うと、ヴィアンの顔が真剣になり、ヴィヴィアンの要素が消えた。

「私も、お前と働けたことを誇りに思う」

ああ、なんて嬉しい言葉なのかしら。ヴィアンからそんな言葉をいただけるなんて！

この言葉が最高の財産ね。

「ヴィクターの元でしっかりしごかれろよ。アリシアがさらに成長するのを楽しみにしている」

彼はにやりと口角を上げる。私はそれに満面の笑みで応えた。

「必ずご期待に応えてみせます」

しっかりと互いの目を見つめ合う。

私は軽くお辞儀をし、その場を去る。部屋を出たのと同時にヴィアンが小さく呟いた声が私の耳に響いた。

「絶対に死ぬなよ」と。


その夜、私はメルビン国の少年達がいる地下牢へと足を運んだ。手には柔らかい毛布と温かい白湯の入ったポットを抱えて。

湿気が漂う少し肌寒い場所。薄暗くてあまり何も見えない。

病人をこんなところで過ごさせるわけにはいかない。

「何しに来たんだよ」

静かな空間に低い声が響く。韓紅の兄の瞳が暗闇の中で私を捕らえる。

「弟は？」

「寝てる。邪魔すんなよ」

「これをかけてあげて、それと白湯」

私は柵の隙間から毛布を入れ、ポットを差し出す。だが、彼は一向に受け取る気配がない。むしろ疑いの目を私に向けている。

ああ、もしかして毒が入っているとでも思っているのかしら？

私猫舌だから、熱いの苦手なのよね。けど、ここは……と私は彼の不安を拭うように、グッと白湯を一口飲む。

「これでいい？」

彼はようやく私の手からポットを受け取った。スースーと静かに寝息を立てている弟に、毛布をかける。

本当に弟想いなのね。だからこそ、今ここで弟を失わせるわけにはいかないわ。

「なんで良くしてくれるんだ？」

彼は弟の方を見たまま私に話しかけた。

「僕は闘技場から這い上がった人間だからね。牢に入れられる気持ちは分かる」

私はそう言ってフッと口の端を上げる。

ここは何としても信用を勝ち取らないといけない。彼らが使える人材かはまだ分からないけれど、伸びしろはあるはず……。

それにニール副隊長に任されたんだし、期待に応えたい。

私の言葉に、え、と兄が驚いた表情を私に向ける。

「実力があれば生き残れるんだよ。良い世界じゃない？」

「奴隷市場があるような国の何が良いんだよ」

彼は鋭い目を私に向ける。

確かにラヴァール国は奴隷市場はあるけど、非公式だし、犯罪よ。闇営業ってやつよね……。

「僕のいた国はね、貴族だけが優遇されていて、国のトップはずっと変わらない。平民は実力があってもその能力を発揮出来ずに死んでいく。チャンスさえ与えられない」

魔法を使えるか使えないかが全て……、と付け足したかったけれど、それは言わない方が良いわね。

「だから、この国はまだいい方なんじゃない？」

……改めて考えてみれば、本当にデュルキス国っておかしいのよね。国を出て初めて気付いたわ。

他の国には魔法を使える人なんていないんだから。

井の中の蛙大海を知らずってやつかしら。

まぁ、デュルキス国は外交をほとんどしてなかったから、しょうがないわよね。

「何が望みなんだ？」

彼の質問に私は笑顔で応える。

「信用と信頼」

少年は眉間に皺を寄せる。私は彼の瞳をしっかりと見据えながら話を続けた。

「僕のことを信じてほしい。そして、頼れ」

「……どうやって。目が見えねえやつについていこうなんて思わねえよ」

「君の弟、このままだと死ぬよ」

私の言葉に苛立ったのか、少年は物凄い形相で「てめえ」と柵から手を伸ばし私の胸ぐらを掴む。

思ったより力がある。

それでも私は一切動じず、表情も変えない。彼から放たれる殺気は凄まじいものだった。

「俺の弟に手を出したら、殺すぞ」

「僕に殺されるんじゃなくて、弟は病気で死ぬよ」

「どういうことだよ」

「有名だから知っていると思うけど、君の弟はドッテン病にかかっている」

私の胸ぐらを掴む力が弱くなった。

……あら？　大して驚いていない。もしかして、病に気付いていたのかしら？

「……なんでそんなことがお前に分かるんだよ」

ベンさんに聞いたから……とは流石に言えないので適当に誤魔化す。

「なんとなくだよ。ただ、今重要なのはそこじゃなくて、弟を助けることだろ。僕なら弟を助けてあげることが出来る」

彼の目からは疑いが感じられる。

まだ私のことを信じきれないのかしら。まぁ、それもそうよね。こんな都合のいい話はないもの。

「じゃあこうしよう。もし、僕が弟を助けることが出来たら、君は僕を信用してくれる？」

少年はチラッと弟の方を見つめる。

唯一の肉親なのかしら？　もしそうなら、相当心配よね……。

「分かった。本当に弟を助けられたらお前を信用してやるよ。ただし」

「ただし？」

「俺と勝負しろ。お前が勝ったら、弟を助けてやるチャンスを与える。なんなら、忠誠も誓ってやる。だが、俺が勝ったら、俺達をここから出せ」

なんでそんなに上から目線なのよ。……まぁ、交渉する上で相手を優位に立たせないってことは重要だし、ちゃんと自分が有利になるような交渉の仕方は悪くないわ。交渉上手なのは高ポイントね。それに――。

「分かった。僕に勝てたら君達を自由にしてあげる。それに、戦う武器も君に選ばせてあげるよ」

絶対負ける気がしないもの。

少年は少し考え込んでから、「なら素手だ」と答えた。

確かに彼は小柄だし、すばしっこく動きそう。

「いいよ」

私は壁にかかっている鍵を取り、牢の頑丈な鍵穴に差し込む。

彼を牢から出したところで逃げ出すんじゃないかという心配はなかった。

大事な弟がまだ牢にいるんだもの。置いて逃げるはずがない。それに約束を破れば弟が殺されるかもしれないなんてことも、ちゃんと分かっているだろうし。

どうぞ、と牢の扉を開けると、彼は用心しながらそっと足を出す。

「そう言えば、君、名前は？」

「レオン、十四歳」

あっさりと答えてくれた。

年齢のわりには思ったより小さいわね。私と同じぐらいじゃない。育ち盛りなんだから、ちゃんと栄養をとらないとだめよ。

私が勝ったら、いっぱいご飯を食べさせないと！

「レオンか。良い名前だね。僕の名前は」

「リア、十六歳。前に聞いた」

「そうだったっけ？　まぁ、いいや。よろしくね、レオン」

「よろしく、か。勝負はこれからだろ」

レオンは嫌そうな顔をする。

もう、思春期なのかしら。少しぐらい愛想良くしてほしいわ。……初めて会った時のどこかのジル君にそっくりじゃない。

「あいつは、リオ。八歳だ」

レオンは弟を指さしながらそう言った。

弟のことも紹介してくれるなんて、少しは心を開いてくれたってことでいいかしら？

「大事な弟なんだね」

「ああ。弟を守るためだったら何でもする」

「じゃあ、一刻も早く勝負して彼を助けないとね」

「だから、さっきからなんでお前が勝つ前提なんだよ」

私の様子に不満げなレオンに対して、「だって、勝つから」と私は口角を上げた。

階段を上り、地上へと出る。夜の湿った空気が心地良さを感じさせる。

戦いには、うってつけの雰囲気ね。レオンと私は向かい合わせになる。

十四歳とは思えない凄い殺気ね。一体どんな人生を歩んできたのかしら。……まぁ、私も人のことはあまり言えないけど。

「それじゃあ、始める？」

いつでもどうぞ、と私が言った瞬間、視界から彼が消えた。彼の気配すら感じられず、どこから攻撃してくるのか全く読めない。

闇にうまく溶け込んだみたいだわ。思ったよりも手ごたえがある戦いになりそうね。

私は深く息を吸い、全神経を集中させる。

微かな空気の振動を頼りに、彼がいる場所を探る。

スッと後ろから蹴りが来るのが分かった。私はそれを頭に直撃するコンマ数秒の差でかわす。

「へぇ、これ避けられるんだ」

「気配の消し方が暗殺者みたいだね」

私が振り向くと、彼はどこか寂しげな表情をしていた。だが、すぐに口の端を上げて余裕そうに笑う。

「そりゃ、暗殺者だったからね」

その瞬間、また彼が消えて、矢継ぎ早に攻撃を仕掛けてくる。

さっきのは、私の実力を測ったってところかしら……。

それにしても、なんてすばしっこいのよ。このまま避けてばかりじゃ埒が明かない。

どこか弱点を見つけないと！

レオンの力強い蹴りからバク転で逃げる。レオンは息を切らしながら私を鋭い目で見る。

半端な気持ちで戦っていないのが伝わってくる。

「本気で戦えよ」

「君の実力では僕を本気にさせることは出来ないよ」

あえて挑発する。彼はギリッと音を立てて、歯軋りする。

残念ながら、私もすばしっこさでは負けないわよ。

大体彼のスピードは捉えられたし、次できっと勝敗がつく。

「その余裕がムカつくんだよ」

レオンはまた闇に紛れた。

姿の見えない人間をわざわざ探す必要はない。ただ襲ってくるタイミングを待てばいい。

ビュンッと風を切る音と同時に私の目の前に拳が現れた。その瞬間、私は軽くしゃがみ、左手で彼の鳩尾に拳を入れる。

私の方がわずかに早かった。彼は「ガハッ」と苦しそうな声を出し、その場に倒れ込む。

結構本気で狙ったから、暫く立てないはず。

彼は地面に這いつくばりながら、悔しさと怒りの瞳を私に向けた。

「何なんだよあんた……目は見えてないはずだろ」

「僕が視覚だけで戦ってると思っているのか？　五感全てを使って戦え。研ぎ澄まされた感覚にこそ意味があるんだよ」

レオンは仰向けに寝転ぶ。満天の星を見つめながら、小さくため息をついた。

「俺の負けか……」

「君の負けだね」

「煽ってるのか？」

まさか、と苦笑する。レオンが負けることは最初から分かっていた。

ただ、もっと訓練を積めば間違いなく彼は私を追い抜く。それも一瞬で。

「こんなに強い奴がいるとはな〜」

「ショック？」

「まさか。むしろわくわくする。こんなに興奮したのは久しぶりだ」

私を見るレオンの燃えるような韓紅の瞳に、ゾクゾクッと歓喜の震えが走る。

なんて表情してるのよ。末恐ろしいってこういうことを言うのね。

「で、どうやってリオを助けるんだよ」

レオンは体を起こす。

もう立てるのね……。普通の人ならまだ動けないはず。

本当に暗殺者として鍛えられてきたようだ。

「一年に一度採取出来るかどうかという薬草、マディを探しに行く」

私の返答に彼は鼻で笑う。「無謀な」とでも言いたげだ。

「君は弟の面倒をみていていいよ」

「……俺も一緒に行く」

「愛する弟を放っておくのか？」

今のリオを世話してくれる人はいない。彼はその間地下牢で一人で過ごすことになる。

「それでも、俺は行く。今、弟を助けられるのはお前だけなんだろ？　なら、俺はお前を全力で手助けする」

嘘偽りのない瞳で私を見る。

……私はどうするべき？

レオンの気持ちはよく分かるし、尊重したい。けど、リオはまだ八歳の子どもなのよ。

誰かが側についていないと危ない。

レオンは私の迷いに気付いたのか、その場に跪いた。

「ディック・レオン、ここに忠誠を誓います。リア様を我が主としてこの身の全てをかけてお守りいたします」

静かな夜に彼の澄んだ声が響く。

驚いた。彼が私に忠誠を誓うなんて……。

「だったら僕も誓うよ」

私の答えが意外だったのか、不思議そうに彼は顔を上げた。月光を浴びながら、私はレオンに微笑む。

「絶対レオンとリオを死なせない」

この言葉が本当になるように、必ずマディを見つけ出してやる。

「そうと決まれば、リオのところに行くよ。地下牢に置いたままには出来ない」

だけどレオンは眉間に皺を寄せながら動こうとせず、私を疑わしげに見る。

「……何故、そこまでして俺らを助けてくれるんですか？」

私が主になったからなのか、敬語で話してくれる。

今更そんな質問をされると思っていなかったわ。私のことをまだ信じていないのか、それとも私が彼らを信じすぎなのか……きっと両方ね。

こちら側から歩み寄ってみようかしら。これでもしレオンに裏切られたとしても、私の判断ミスなだけ。見る目がなかったたってことよ。

私はゆっくり目に巻いていた布を取る。右目が解放されて、視界がより良好になる。

レオンは私を見て、目を丸くする。息を呑むのが分かった。

私の容姿に釘付けになっている人を見るのは楽しいわね。なんだか、悪女の虜になった少年って感じで、心が躍るわ。

改めて、目隠しの凄さを実感する。性別を誤魔化せるもの。

流石に素顔を見せたら、男でないことは察せられる。私は悪役令嬢顔だし、これで女だと知られたはず。後は……。

パチンッと指を鳴らす。すると、空に浮かぶ雲が全て消え去った。満天の星が現れ、レオンは空を見上げる。

輝く星の下で、彼は呆然としていた。小さく「嘘だろ」と呟く声が聞こえる。

初めて、ウィリアムズ・アリシアとしての品格を彼に見せつける。

「私の本名はウィリアムズ・アリシア。この世で最も悪い女になりたいの」

「んん？　え？」

私の突然の告白にレオンは首を傾げる。

「そのために貴方が必要なのよ」

ますます訳が分からないという表情を彼は浮かべる。

「一人では最強の悪女にはなれない。私には誰にも負けない強い部隊が必要なの。貴方にはその一員になってもらうわ」

「意味不明な点が多いけど、主に忠誠を誓ったからには何にでもなりますよ。……てか、悪女って何ですか」

「悪女は悪女よ。私の夢」

「……だから、何で悪女なんですか？」

レオンが訝しげに訊いてくる。

何故悪女か……。

ジルにもそんな初歩的な質問、されたことはなかった気がするわ。

けど、何故悪女になりたいかなんて、私にとっては愚問だわ。

「強く賢く、周りに非難されても自分を貫くなんて格好良い女だと思わない？」

口の端を少し上げて、レオンを見つめる。彼は私の返答にきょとんとした表情を浮かべた。

「そ、それだけ？」

戸惑う彼に私は「ええ」と頷く。

「そんな理由で、性別を偽り、ここで働いているんですか⁉」

「驚くようなことでもないでしょ。甘いものが好きだからケーキ屋さんで働く、誰かを守りたい、あるいはたくさんの女性にモテたいから兵士になる、……植物が好きだから貴族をやめて植物屋を営む。夢を目指す理由なんて単純なものだわ。私は別に世界を変えようなんて思わない。この世の人を全て救うなんて無理だもの。ただ私は、私がなりたい私になりたいの。誰にも邪魔なんてさせない。……まさに悪女っぽいでしょ？」

真っすぐな瞳を私に向けるレオンに微笑む。沈黙が少し続いた後、彼は口を開いた。

「……願っていても、そうなれない人間の方が多い」

「そうね。けど、私はこの夢に人生をかけてるの。この命が燃え尽きるその瞬間まで夢を追い続けるわ。もし、リスクを負わずに何かを成し遂げられるなんて思っているのなら、今すぐそんな夢は捨てた方がいい。……ねぇ、レオン、貴方は夢を持ってる？」

想定外の質問にレオンは「ゆ、め？」と呟き、固まる。

私は七歳の頃からずっと確かな夢を持っている。そんな人は少ないということは分かっている。社会を知り、大人になるにつれて、夢は変わってくる。

ただ、ここは私にとって、前世にプレイした乙女ゲームの世界だった。だから、最初から自分の立場が分かっていたのよ。それなら思う存分、悪役令嬢という立場を活用してみせる。

「夢なんて小さい頃に捨てました」

レオンはどこか寂しく笑う。

「今は弟と主を守ることに専念します」

「……貴方は私の夢を叶えるための駒だって言われたら悔しい？」

即座に彼は首を横に振った。

「いいえ。俺は、少し何言ってるか分からないところもありますが、貴女と……主と一緒にいたいです」

喜びたいけど、余計な一言のせいで少し複雑な気持ちだわ。

私っておかしいのかしら……。まぁ、暗殺者におかしいって言われるなら光栄なのかしらね！

「それとね、私は自分の駒がなくなるのは嫌なのよ。絶対に失ったり奪われたりしないわ。レオンを失う時は、私ももうこの世にいない。そのくらいの覚悟は持っているわ」

レオンの瞳に満天の星の下で佇む私が映っている。彼の瞳が揺れるのが分かった。

「ねぇ、私、悪女になれると思う？」

微笑みながら、そう付け足す。レオンは私の質問に破顔した。

「ええ、主なら必ずなれますよ」

彼の透き通った声が静かな夜に優しく響いた。

それからレオンとリオを地下牢から出して、私の小屋に移動させた。

眠たそうなリオを歩かせるのは少し気が引けたけど……。

私はヴィクターの部屋で寝ないといけないってことになっているから、その間二人にこの小屋を使ってもらおう。

二人はライを見てその迫力に驚いていたけれど、すぐに慣れたようだ。

リオはライの側でぐっすりと眠りについた。ライは温かいからリオにとっては丁度良い湯たんぽ代わりになるわね。

私はそのままヴィクターの部屋に向かい、ようやく眠りにつく。ふかふかのベッドが心地いい。

部屋にヴィクターがいなかったのを是幸いにと、私は気にも留めず目を瞑った。


ガチャッと誰かが扉を開ける音と共に目を覚まし、同時に戦闘態勢に入る。

小さな物音や微かな気配だけで警戒するなんて、私もいっぱしの暗殺者っぽいわ。

太陽がまだ出ていない早朝。私の視界に金髪が入る。

「帰ってたのか？」

ヴィクターの澄んだ声が部屋に響く。

私はホッと肩の力を抜いた。ヴィクター相手に戦闘態勢を取るなんて……。

ベッドから降りて、私はヴィクターの前へ行く。

「どうだった？　あいつ」

あいつ、とはヴィアンのことだろう。

なんて答えればいいのかしら……。正直に言ったら、朝からヴィクターの怒鳴り声を聞くことになりそうだし。だからと言って、嘘をついてもバレるわよね。

「どんな答えを求めてるんですか？」

「あいつの弱点を知りたいんだよ」

「蹴落とすってこと？」

ああ、と真面目な表情でヴィクターは答える。

これだから子どもだって言われるのよ。もっとヴィアンみたいな余裕を持ってほしいわ。

「馬鹿みたい」

私の言葉に気分を害したのか「なんだと？」とヴィクターは片眉をピクリと反応させる。

「蹴落とすなんて愚者がやること。正々堂々と実力で勝負することを考えたらどうです？」

「お前はどっちの味方なんだよ。それに俺は正々堂々と戦うつもりだ。けど、弱点を知っておいた方が良いだろ。あ、そうだ！　あいつ、変な趣味あるだろ？　それを暴いて」

……呆れた。人は焦ると、正しい判断が出来なくなるっていうのは本当なのね。

「私にガキって言うのもいいけど、王子の方がよっぽどガキですね」

家同士の争いがあったとしても、そこまでして王になりたい理由が理解出来ない。

「は？」

「王子は私を死致林で助けてくれたし、色々と良くしてくださったけど……、見損ないました」

「お前、自分が誰に何を言っているのか分かっているのか？」

もちろん、と笑顔で応える。

「このままだと王になれませんよ。きっとヴィアン様が王になる。けど、彼は争いを求めていない。私の勘だと貴方に王位を譲るでしょう」

ヴィアンは王になりたいわけではない。王になる素質は誰よりもあるけれど、どちらかと言えば私にはヴィクターが王になる未来の方が見える。

それに、ヴィアンは王にならなくとも幸せを摑める。というか、もう幸せを摑んだっていう方が正しいかしら……。

「どういう意味だ？」

彼は私の言葉に顔をしかめる。

「大人になれって言ってるんですよ、王子」

彼が何か言い返してくる前に、話を続ける。

「物事を鳥瞰的に見なければならない人がいまだに兄を嫌っているなんて馬鹿げているでしょ。色んな国の治め方があるじゃない。もし二人ともどうしても王の座を譲れないなら分割統治をするとか……。とにかく、王子も早く成長してください」

先ほどまで怒りが爆発しそうな勢いだったヴィクターだが、淡々と話をする私を見て、少し落ち着いたようだ。

課題解決処理能力はちゃんと備わっているのに、こんなところでつまずいているなんてもったいない。ヴィクターはもっと伸びる。

……そんなこと言ったらまた「何様だ」ってキレられそうだけど。

「俺がもっとあいつに寛容になれってことか？」

「まぁ、そういうことですね」

私は笑顔で答える。ヴィアンは心の内に気持ちを隠すタイプだけど、ヴィクターは真逆だ。周りを巻き込む野心家。

「けど、まぁ、お前が俺のところに戻って来たからひとまず安心だな」

「あ、私、今日からマディ探しに行きます」

「今日⁉　いつ決めたんだ？」

大声を出すヴィクターに冷静に「今です」と返す。

一刻も早くマディを探してリオを助けなければならない。決断と行動は素早く。

「今かよ。……俺も行くって言ってただろ」

「俺、は来ても来なくてもどっちでもいいですよ」

「てめぇ、本当に可愛くねえ奴だな」

少し頬をピクピクさせて彼は私を見下ろす。

ヴィクターに媚びを売ったところで嫌がるでしょう？　キャピキャピして近寄ってくるぶりっ子令嬢が一番嫌いなタイプじゃない。

「分かった。早く出発の準備をしろ」

彼はそう言って、小さくため息をつく。

「え、いいんですか？」

「お前が今から行くって言ったんだろ。他の業務は帰ってきてからでも大丈夫だろう」

ヴィクターの周りの人達が困っている図が想像出来る。急に決めてごめんなさい。

「あ、それと少年を一人連れて行ってもいいですか？」

「役に立つのか？」

怪訝な表情を浮かべるヴィクターに、私は口角を上げて「勿論」と答える。

「まぁ、お前が信用してる奴なら問題ないか」

あら、嬉しいお言葉ね。

ラヴァール国の王子様に信用してもらえるなんて……、ヴィクターは見る目あるわね！

「何ニヤニヤしてるんだ？　キモいぞ」

……前言撤回。

「あ、あのじいさん連中にはなんて言うんだ？」

おじい様達のことをじいさん連中なんて言えるのはヴィクターぐらいよ。

「また遠征に行く、でいいのでは？」

「……きっと、寂しがるだろうな。お前のこと気に入ってるからな。どこに行っても愛される性質っていいな」

ヴィクターの言葉に驚く。

まさか私がそんなにおじい様達に好かれているなんて……。デュルキス国では考えられない状況ね。国外追放されて本当に良かったわ。

「けど、愛される性質ってまるで聖女みたいね」

私が悪女から遠ざかった気持ちになって残念そうに言うと、「お前は聖女とは程遠い」とヴィクターが即答する。

「本当!?」

私の歓喜の声にヴィクターは少し戸惑う。きっと嫌味で言ったつもりなのだろう。

「最高の褒め言葉だわ！」

「変な奴。……むしろこいつは聖女というか、賢者だよな」

喜びのあまり、最後にヴィクターがなんて言ったかは聞こえていなかった。

私は荷物をまとめて、レオンのいる小屋へと足を進める。

空には雲一つなく、昇り始めた朝日に目を細め、澄んだ空気を堪能する。

本来なら令嬢はこんな天気のいい日はお茶会を楽しんでいるのよね。……私は今から第二王子と暗殺者と共に、あるかどうか定かではないマディを探しに崖へと向かうのだけど。

絶対後者の方が楽しそうじゃない！

「入るわよ」

私は軽く小屋の扉を叩く。中から、ああ、という声が聞こえ、小屋の中へと入る。

「早起きね」

「主の足音で目が覚めただけです」

中に入るとレオンは寝起きだと感じさせない様子でそう言った。

リオはまだライの上で気持ち良さそうに寝ている。そんな安眠を妨げるようにレオンはリオの肩を軽く叩く。

「リオ、起きろ」

レオンの言葉にリオは「う、ううん」と目をゆっくりと開ける。眠たそうにあくびをするリオは年相応に見えた。

レオンの精神年齢が高すぎるだけよね。ジルも精神年齢高いし……。リオを見ていると なんだか安心するわ。

「どうしたの、お兄ちゃん。……また逃げるの？」

まだ完璧に開かない目を擦りながら、リオは起き上がる。

また、か。逃げる生活なんて身体的にも精神的にもダメージが大きい。

「もう逃げない。兄ちゃんはちょっとの間留守にするけど、一人で留守番出来るか？」

レオンの言葉にリオはコクッと深く頷く。

「頼れる人が君の面倒をみてくれる」

私はいつものリアの口調に戻す。リオの前ではまだ男だということにしておこう。

「感謝します」

レオンは私に深く頭を下げた。

頼れる人というのは勿論ヴィアンのこと。

この小屋に来る前にヴィアンの部屋の扉の下から手紙を入れておいた。リオがドッテン 病にかかっていることも私が遠征に行くことも書いてある。

きっと、彼ならちゃんとリオのことを守ってくれるはず。

……マリウス隊長でも良かったのだけれど、ちょっと頼りないのよね。なんていうか、リオに無理やり運動とかさせちゃいそうだし。

「すぐ戻って来る？」

「……分からない」

レオンの返答にリオの表情が暗くなる。

唯一の肉親、大好きなお兄ちゃんと離れ離れになるなんて寂しいわよね。

「けど、必ず戻って来る」

「約束だからね」

「ああ、約束だ。だから、お前もここで頑張るんだ」

分かった、とリオは元気よく答える。

なんて素直な弟なのかしら。弟想いになるレオンの気持ちが分かるわ。こんな可愛らしい弟がいたら、私も溺愛しちゃいそうだもの。

ジルは最初から素直じゃなかったし……。まぁ、そこが彼の良さでもあるし、可愛いところでもあるんだけどね。

「じゃあ、行ってくる」

「うん、行ってらっしゃい！」

リオは明るく振る舞っているが、少し泣きそうだった。声の微かな震えと潤んだ瞳で分かる。

聞き分けのいい子ども……、そこに関してはレオンもそうだったのだろう。

一番子どもらしい時に我慢して、大人になるしかなかった。きっと、ジルもそうだったのだ。

私はそんなことを思いながら、レオンと共にヴィクターの元へと向かった。

「この生意気そうなガキは誰だ？」

レオンを見るなり、ヴィクターは露骨に顔をしかめる。

そんな彼の態度にレオンは表情も変えず、私の隣に立っている。

……気に食わない人間は全員「ガキ」って呼ぶのかしら。一番ガキなのはヴィクターだと思うけど。

「私が連れてくるって言っていた少年です」

「この国の奴じゃねえのか」

「ご存じの通り、私もこの国の者じゃないですよ」

ヴィクターはチッと小さく舌打ちをして、「俺以外、はみ出し者か」と付け足す。

ラヴァール国の王子にメルビン国の暗殺者、そして国外追放されたデュルキス国の令嬢。

なんて豪華な仲間なのかしら！　類は友を呼ぶってこういうことね。素晴らしい展開に心躍るわ。

「くせ者同士仲良くしましょう」

「なんで嬉しそうなんだよ。本当に分かんねえ奴だな」

ヴィクターは若干引いている素振りを見せるけど、レオンは無表情だ。

私達は馬小屋へと向かう。なんて立派な馬小屋かしら。この馬小屋一つでこの国の経済力がよく分かるわ。流石大国と言われているだけのことはある。

どの馬を選んでも良い、と言われ、逆に迷ってしまう。

ヴィクターはいつもの足の速い大きな馬だ。レオンは体力がありそうな黒い馬を選んだ。

私はどうしようかと目の前の小柄な白い馬を選ぼうとした瞬間、馬小屋の前に黒い何かが現れた。その猛々しい鳴き声に「なんだ？」とヴィクターが反応する。

視線の先には凛々しく私達を見つめるライがいた。その尊厳ある姿はまるで全ての動物を制した王だった。ライオンが何故百獣の王と呼ばれるのかが分かった気がする。

……ライってこんなに格好良かったかしら？

私がライの前に立つと彼はゆっくりと頭を垂れる。

その仕草はまるで、自分を使えと言っているようだった。

「すごい光景……ライオンが主に敬意を示してる」

「……あのガキが何者かなんて一生かけても分かんねえかもな」

後ろで何か言ってるレオンとヴィクターの声が聞こえる。

「私を乗せてくれるの？」

その言葉に反応して、ライは頭を上げる。

こんなに私に従順なのは、私が魔力を流したからかしら……。百獣の王を支配するなんて、動物界でも悪女って言われちゃうわね。

「ありがとう」とライの耳元で囁き、彼の整った毛並みを優しく撫でる。

あの闘技場で彼の記憶を見てから、人間に対しては不信感を持っているのだと思っていたけれど、ライはあの日からずっと私の味方だった。

私も、美しき気高さを取り戻したライに見合う女にならないとね。

私は彼の上に飛び乗った。朝の心地いい風が吹き、サラッと髪が靡く。目に巻いていた布が、緩く結ばれていたのか飛ばされる。

ヴィクターとレオンと目が合う。

「鬱陶しいぐらいに誇りある強い女だな」

「主の美しさに惚れないでくださいよ」

「……こんなガキになんて惚れねぇよ」

ヴィクターはレオンの言葉に少し弱々しい声で答えた。

案外この二人は相性がいいのかもしれない。

終

あとがき

こんにちは！　大木戸いずみです。
最後まで読んでいただき本当にありがとうございます！

また新キャラが増えてきましたね〜〜。
さらにさらにアリシアがどんどん逞しく美しい女性になっていきます。私もアリシアみたいになりたい〜！　って、思いながら作品を書いております。
四巻になると、それぞれのキャラがより引き立ってきたかなと思います♪

今回も素晴らしいアドバイスを下さった担当様と素敵なイラストを描いて下さった早瀬ジュン様、ありがとうございます！

では、またいつか〜〜！

大木戸いずみ

■ご意見、ご感想をお寄せください。
《ファンレターの宛先》
〒102-8177 東京都千代田区富士見 2-13-3
株式会社KADOKAWA ビーズログ文庫編集部
大木戸いずみ 先生・早瀬ジュン 先生

●お問い合わせ
https://www.kadokawa.co.jp/（「お問い合わせ」へお進みください）
※内容によっては、お答えできない場合があります。
※サポートは日本国内のみとさせていただきます。
※Japanese text only

歴史に残る悪女になるぞ 4

悪役令嬢になるほど王子の溺愛は加速するようです！

大木戸いずみ

2022年９月15日 初版発行
2024年11月25日 ７版発行

発行者	山下直久
発行	株式会社 KADOKAWA 〒102-8177 東京都千代田区富士見 2-13-3 （ナビダイヤル）0570-002-301
デザイン	島田絵里子
印刷所	株式会社KADOKAWA
製本所	株式会社KADOKAWA

ISBN978-4-04-737163-7 C0193

定価はカバーに表示してあります。
◆◇◇